COBALT-SERIES

炎の蜃気楼《ミラージュ》 33

耀《よう》変《へん》黙《もく》示《し》録《ろく》IV

—神武の章—

桑原水菜

JN285977

集英社

目次

炎の蜃気楼《ミラージュ》33　耀変黙示録《ようへんもくしろく》IV―神武《じんむ》の章―

吉川元春《きつかわもとはる》

夢に出てきた琵琶法師のお告げに従って、平維盛の首を探すため、那智へやってきた。

中川掃部《なかがわかもん》

赤鯨衆の心霊医師。

◉

千秋修平《ちあきしゅうへい》(安田長秀《やすだながひで》)

元・上杉夜叉衆。千秋修平の体を失い、新たに換生するが〈裏四国〉を阻止しようとした際にその体も失う。

嘉田嶺次郎《かだれいじろう》

赤鯨衆の実質的なリーダー。高耶とともに〈裏四国〉を成就させる。その際に同志・草間を失うが、自身は肉体を保っている。

◉

磯村《いそむら》テル

湯の峰王子の元審神者《サニワ》。

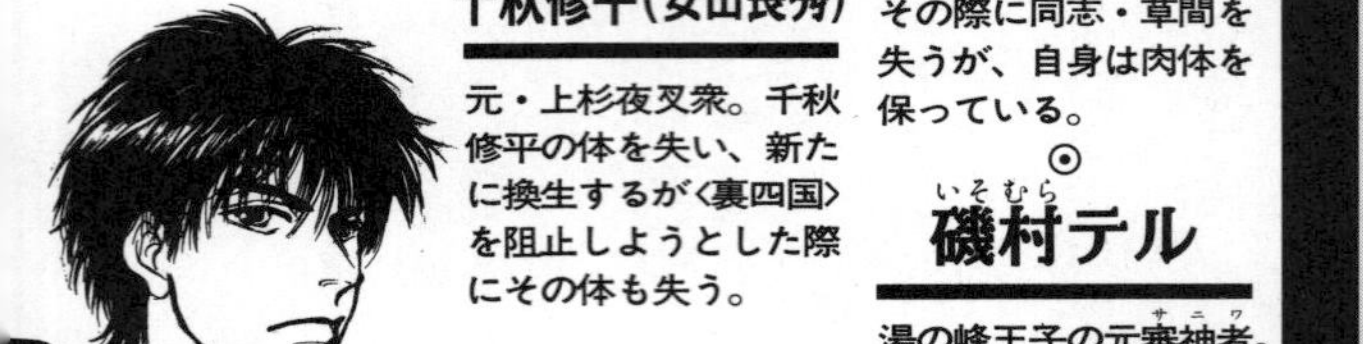

仰木高耶《おうぎたかや》

原名・上杉景虎。もとは冥界上杉軍の総指揮者。赤鯨衆の理念に共鳴し、〈裂命星〉を用いて〈裏四国〉を成就、〈今空海〉と呼ばれる存在となるが…。

門脇綾子《かどわきあやこ》

原名・柿崎晴家。上杉夜叉衆の一員。信長の手に落ちて過酷な監禁生活のもとにあったが、明智光秀らに救出され、比叡山に身を寄せていた。

本宮《もとみや》　礼《れい》

両親が『那智の者』である純血の那智。高耶を弘法大師の使いだと思っている。

登場人物紹介

武藤《むとう》　潮《うしお》

記憶喪失の状態で高耶と出会い、赤鯨衆に合流。安芸国虎としての記憶を取り戻している。現在、熊野で単独行動をしている。

兵藤隼人《ひょうどうはやと》

赤鯨衆室戸水軍首領。嘉田配下の実力者で、京都方面隊長だったが、仲間を失って神護寺を後にした。高耶に対して複雑な感情を持つ。

明智光秀《あけちみつひで》

元春とともに平家一門の霊を味方につけるため、維盛の首を探している。

⦿

重野《しげの》カオル

礼の父親であり、頭部に第3の目を持つヒルコ。

⦿

兼光晋吾《かねみつしんご》

三本腕のヒルコ。『那智の者』に復讐するため熊野に戻ってきた。

⦿

司《つかさ》

カオルと兼光を結ぶ伝令者であり、ニシキトベの神官。

成田《なりた》　譲《ゆずる》

高耶の親友。上杉景勝の生まれ変わりで弥勒菩薩の力を持っている。現在、弥勒の力が覚醒している。

織田信長《おだのぶなが》

〈闇戦国〉における景虎最大の宿敵。ロックバンド『SEEVA』のリーダー斯波英士に換生している。テレビでの爆弾発言とともに2年ぶりに姿を現した。

直江信綱《なおえのぶつな》

現名・橘義明。新上杉軍総大将の座を捨て、赤鯨衆に合流。高耶に〈大転換〉を許してしまい、高耶を救う道を断たれるが、布都御魂の存在を知って…。

イラスト／浜田翔子

炎の蜃気楼《ミラージュ》33

耀変黙示録《ようへんもくしろく》IV

―神武《じんむ》の章―

第二十一章　地底の冷たき楽園。

異様な銃声だった。

爆弾が破裂したかのようだった。

念鉄砲が暴発したのだ。

射手である兵頭《ひょうどう》の体は爆風でも喰《く》らったかのように地面に叩きつけられた。

ぶ厚い鉄の銃身が、まるで百合《ゆり》の花弁の如《ごと》く開いて、ぐにゃりと曲がっている。

綾子《あやこ》も暴発の煽《あお》りをくらって地面に倒された。昏倒《こんとう》していたテルにとどめを刺そうとしていた清正《きよまさ》も、その轟音《ごうおん》に驚いてたまらず身構えた。

暴発した鉄砲の銃口の先にあったのは、直江《なおえ》の頭のはずだった。

ぽたぽたと血が滴《したた》り落ちている。

出血しているのは直江の頭部だった。

髪が血で濡《ぬ》れている。念弾丸は、だが皮膚《ひふ》以上は破らなかった。まともに喰らえば頭蓋骨《ずがいこつ》ごと粉々《こなごな》にさせるほどの念鉄砲の威力を、受け止めて、生きているのである。

「馬鹿《ばか》な……ッ」

地面に伏せながら、兵頭が目を剝《む》いた。引き金を引く瞬間、直江が念を銃口に押し込んだのだ。念同士が細い鉄筒の中でまともにぶつかり、暴発してしまったのである。

ユラリ、と直江が立ち上がった。

防いだとは言え、暴発の衝撃はほとんど頭に接したところで起こっている。常人ならば、確実に脳を損傷《そんしょう》しているところだ。念を緩衝材《かんしょうざい》にしたと言っても、衝撃の大きさからすれば、脳が激しく振動してしまい、立ち上がるどころではない。

その両眼は爛々《らんらん》と見開かれている。

悪鬼《あっき》の形相《ぎょうそう》だった。血に染まる顔面は凄《すさ》まじい気迫《きはく》で歪《ゆが》んでいた。

それが千歳を越す大霊を怯《ひる》ませた。

「例《たと》え今……ここに核を落とされたとしても、俺は死ぬわけにいかない……」

決死の防御は、直江の胸の底から、何か凄まじいものを引きずり出したようだった。

「撃つなら撃て。全部皮膚一枚で止めてやる」

それまで押さえつけられていた「何か」だ。

唐人駄場《とうじんだば》以来、沈黙していた「何か」だ。

「晴家《はるいえ》」

直江の焦《こ》げ付くような呼びかけに、綾子の瞳孔《どうこう》が小さく反応した。

「俺の声が聞こえるか、晴家」

まるで地獄から帰ってきた死者のように直江が問う。

「本音なんだったらハッキリ言え。俺の何を恨《うら》んでいる。行動か。存在か。あの人を上杉《うえすぎ》から追い落としたことか。あの人を赤鯨衆《せきげいしゅう》から連れ出さなかったことか。大転換をさせてしまったことか！」

綾子の蒼《あお》い唇《くちびる》が何かを言いたがっている。荒い息の下から直江は言った。

「終わりを見据えすぎて目を焼かれたことか。彼の死を眼前に置いて何も動けないことか。メデューサに睨《にら》まれて石となった男のように、腕も足も動けない俺を、詰《なじ》っているのか！」

「ナニ……イッテルノ……」

「あの人を救えない無力を責めているのか。いつ終わっても不思議じゃないあの人に、しがみつくようにしかいられない今の俺の——俺のひ弱さを責めているのか！」

「チ……ガ」

「足が凍り付いて前にも後ろにも進めない。どうやって進んでいけばいいんだ。道は続いているだって？　海の上なんか人は歩けない。こんな底なしの暗闇の上、どうやって歩けというんだ！　どうやったら歩けるんだ！」

「！」

「わからない……わからないんだ！」

血を吐くように直江は怒鳴った。

「答えろ！　おまえだったらあの人を《調伏《ちょうぶく》》してやれるのか。俺が求めすぎるから、あの人は眠ることを選べないのか。俺のせいなのか。俺が愛していることが、あの人を滅ぼすのか！」

「直江……ッ」

「救えるもんなら救ってやってくれ！　俺はもう、あの人と歩き続けることしか選べない。最期の瞬間まで歩き続けることしか選べない。邪魔《じゃま》をするなら、おまえとも戦うだろう。俺はおまえを殺すだろう！　俺を殺せ。それしかない、俺を殺してくれ！　そうでなければ俺は止まらない。俺の想いはあの人を粒子にまで崩壊させてしまう。俺を殺せ！　《調伏》して、そして次の遠い未来まで、あの人を繋いでやってくれ！　俺たちの未来を繋いでくれ、晴家！」

グラリ、と直江の体が傾《かし》いだ。崩れ落ちる体を膝《ひざ》で支えて、直江は必死に眩暈《めまい》と闘っている。

綾子は呆然《ぼうぜん》と見つめている。

「アタシニ……アンタト戦エッテイウノ……」

その瞳はいつしか自我を取り戻している。

「ウソ……つき……」

直江が目を見開いた。

「……殺せなんて言っても、あんたは抗《あらが》うのよ」

「晴……家……」

「景虎《かげとら》と最後まで生きるためにあらがうのよ！」

通じた。

直江の言葉が綾子に届いた。綾子の意識が、憑依霊《ひょういれい》との同調から外れたのである。

「おとなしく首差し出すことなんてできないのよ！　あたしみたいに信じて待つことができないからよ。慎太郎《しんたろう》さんが生まれ変わるのを何百年も何千年も待つことが、あんたにはできないのよ、その弱さよ！　でも人は！」

吐き出すように綾子が叫ぶ。

「絶望を正面から見たくないためだけに待つんだわ！　本当は信じ続けることなんかできないのよ。いつしか信じてなんかいないのよ。冷たい氷水をぬるま湯だと思いこんでいたいだけなのよ！　心の芯《しん》はとっくに凍り付いているのに！」

今度は直江が呆然とする番だった。

「あたしがあんたを見たくないのは、あんたがあたしと同じに弱いからよ。弱いくせに足掻《あが》き続けるからよ！　追い詰められるのよ。あんたのアガキを見てると、あたしは自分がとことん惨《みじ》めになってくる！　だから憎いんだわ。いつまでも諦《あきら》めようとしないあんたが！」

「晴家……ッ」

「《調伏》してあげる。景虎もあんたも《調伏》してあげる……ッこのあたしが！　あんたたちは何千年も何万年も遠い未来でまた巡《めぐ》り会うのよ！　その間幾《いく》つも幾つも気が遠くなるほど人生を重ねて、あんたたちの情熱も苦しみもみんな忘れかけた頃に巡り会うのよ。ううん、二度と会わないかもしれない。それでも未来に託すのよ。あたしが無理矢理中断させるのよ。そのために死はあるんだわ。死は中断よ。完成じゃない。腐ったまま澱《よど》んで心が完全に死滅《しめつ》してくのを避けるために死はあるんだわ！　あたしがあんたたちの死神になってあげる。でもあんたはあがくのよ。慈悲《じひ》深い死神を殺して、絶望の底の絶対零度を見るんだわ！」

　直江は預言《よげん》を浴びる心地がした。

「希望も何もない絶対零度よ。あんたたちが本当に望んでいるものは、光に溢《あふ》れた最上の場所なんかじゃない。暗く何もかも凍った地底よ。明るい場所を求めてあんたたちが選んでいく先にあるのは、この世で一番暗く冷たい場所なのよ！」

「ちがう……ッ」

「ちがわない。そこがあんたたちの最後の楽園なのよ！」

目を剥き出した直江に、綾子は苦悶《くもん》しながら言い放つ。

「しあわせからは……ほど遠いけど……あんたたちは後悔……しないのよ。最上の場所は……どこかにあるんじゃなくて……あんたたちのその……一歩一歩の……ことなんだわ……」

　直江は呆然として目を見開いた。

心臓に酸《さん》を注ぎ込まれたような、たまらない気持ちになった。

綾子が力尽きたように地面に崩れ落ちた。我に返った直江が駆け寄って抱き起こす。

「しっかりしろ！　晴家！」

綾子は息も絶え絶えになっている。

「ごめん……直江。憑依霊を追い出せない……ッ」

「そんなもの、今すぐ《調伏》してやる！」

「あんた一人じゃ無理よ……凄い強い……二千歳近い大霊よ」

「関係ない、《調伏》してやる！」

鋭い刃の閃《ひらめ》きが二人を引き離した。

加藤清正《かとうきよまさ》だった。

清正が、直江と綾子の間に片鎌槍《かたかまやり》を突き入れてきたのだ。あと数ミリで直江の喉《のど》は槍《やり》の穂先にザックリやられるところだった。地面に転がって、直江は素早く身構えた。

「清正……ッ」

清正は見たこともないほど虚《うつ》ろで不気味な目をしている。片鎌槍も凶悪な輝きを放っている。高野山《こうやさん》で共に闘った頼もしい戦友の、これが姿かと思うと、やりきれなかった。

「目を醒ませ、清正！　あんな霊に乗っ取られるおまえじゃないだろう！」

耳も貸さず、片鎌槍を繰り出してくる清正に、直江は直《ただ》ちに反撃をしようとした。だが脳天に受けたダメージが平衡《へいこう》感覚を狂わせ、思うように身体《からだ》が反応してくれない。

「うおおお！」

「！」

直江の前に突然、影が覆《おお》い被《かぶ》さった。

綾子だ。

綾子が直江を庇《かば》って、凶刃を横腹に受けたのである。

「晴家！」

綾子が倒れ込む。その体を受け止めながら、直江は清正にありったけの念をぶちこんだ。まともにくらった清正の体は、悲鳴もあげずにもんどり打って地面に倒れた。

「おい、晴家！」

抱き起こした手が血に濡《ぬ》れた。綾子の横腹が血を流している。

「れ……霊を追い出せないなら、この体……動かなくさせるしかないでしょ……」

これが綾子の覚悟だった。

フツフツと直江の胸に怒りがたぎってくる。もうこれ以上耐えられなかった。

「……なにが怨将《おんしょう》だ……なにが自力で勝ち取るだ……」

ユラリ立ち上がる直江の背中を、霞《かす》む眼で見つめているのは鳥越隆也《とりごえたかや》だ。兵頭に撃ち抜かれた肩を押さえながら、隆也は見た。直江の全身から琥珀《こはく》色の陽炎《かげろう》が立ち上るのを。

(あいつは……ッ)

「なんて無様《ぶざま》さだ、兵頭隼人《はやと》。『現代人は自分の肉体くらい自力で勝ち取れ』が口癖《くちぐせ》のおまえが……現代人を笑えないじゃないか……。現代人のひ弱さを笑えないじゃないか!」

「ナ……ンダト」

地に這《は》いつくばる兵頭に向けて、直江は嘲笑《あざわら》うように言い放った。

「見ろ、おまえも結局『侵略者を退けられない人間』だ! おまえは弱者でもなければ強者でもない! ただの中途半端な男じゃないか!」

ググクと兵頭の顎《あご》が持ち上がる。

「何が弱者こそ強くなるだ。《闇戦国《やみせんごく》》の逆転の論理なんて、砂時計が逆さまになっただけのことじゃないか。どっちにしたって、おまえは潰《つぶ》されるんだ! おまえが侮蔑《ぶべつ》してきた連中とおんなじハンパな存在だ。奪った人間は奪われるんだ。おまえが奪ってきた人間の痛みをもっと思い知るがいい!」

「ハンパなのは……どっちじゃ……ッ」

重圧に逆らうように、兵頭が頭をもたげていく。

ハッと直江が変化に気づいた。

「おんしのような脱落者に……ハンパ呼ばわりされる……筋合《すじあ》いはない」

「兵頭」

「……おんしがほんまもんの男なら……敵の大将になって仰木《おうぎ》と対峙《たいじ》しちょるはずじゃ。オス同士の勝負にヌルイ心を持ち込んだ。おんしは上杉を捨てた時点で、仰木との勝負を捨てたのだ。共に生きるなどヌルイことを言うな！　我を手放した男に漢《おとこ》を名乗る資格はない。おんしは落伍者《らくごしゃ》だ。去勢された犬じゃ。自ら壁を破ることを放棄したんじゃ！」

直江が目を剝いた。兵頭は憑依霊に押し潰されながら、息も荒く言葉を紡《つむ》ぎ、

「今のおんしゃ…仰木の伴走でしかない。追走も追い抜くこともせん…。挑《いど》むことを忘れた男に仰木高耶の傍《かたわ》らに…立つ資格はない」

目を瞠《みは》る直江に兵頭が畳《たた》みかける。

「挑まん者は去れ。赤鯨衆は挑む者のものだ。おんしに……赤鯨衆にある資格は、ない！」

咆哮一声《ほうこういっせい》、兵頭が肉体から憑依霊を追い出そうと気炎を発する。

「うおおおお！」

「兵頭！」

ぐわん、と音を立てて、兵頭の体内から膨張《ぼうちょう》したような巨大な霊体が噴き出した。だが丹敷《ニシキ》戸畔《トベ》の大霊もそう簡単には譲《ゆず》らない。兵頭を押さえ込む。侵入者を剝ぎ取ろうとする兵頭に、再び猛烈な勢いで入り込んでいく。

「ぐ……は！」

全身を犯されるような壮絶な嫌悪感に、兵頭は身悶《みもだ》えた。肉体を隅々まで征服していく侵入

者を追い出すことが出来ない！

「直江！」

綾子が切迫した声をあげた。

「かまわないから、あたしたちを殺しなさい！　怨霊なんかにこのまま体を好きにされるくらいなら……！　うぐ！」

再び綾子も憑依霊の占領下に押さえ込まれていく。直江が即座に印《いん》を結ぶ。全力をこめて外《げ》縛《ばく》する！

「〝《バイ》〟！」

だが丹敷戸畔の大霊は、物の見事に上杉の調伏法を跳《は》ね返した。力の差がありすぎる。神と呼ばれる大霊相手にはさしもの調伏法も歯が立たないのか……！

「くそ！」

「屈シロ、我ガ前ニ……！」

綾子をのっとった憑依霊が初めて言葉を発した。綾子の声帯から発せられたと思えぬほど低い、おぞましく冷え冷えとした声だった。

「我ラハ熊野《くまの》ニ古《いにしえ》ヨリ住マウ民。天孫《てんそん》ニ滅ボサレ、熊野ノ河原ニ人柱トシテ埋メラレタ。サレド重石《おもし》ハ取リ払ワレタ。今コソ敗レタ民ノ前ニ、天孫ドモガ跪《ひざまず》ク時！　国ナドトイウ幻ニ、魂ハ縛ラレヌ！　今コソ全テヲ覆《くつがえ》ス！」

直江は愕然《がくぜん》と立ち尽くす。――まさか……ッ。

間違いない。これは大斎原《おおゆのはら》から解放された大霊だ。まつろわぬ民と呼ばれる被征服民。初代・神武《じんむ》天皇によって滅ぼされたという丹敷戸畔の民の怨霊、

（大斎原に埋められ、国家平定呪法の人柱になった死者たちか！）

三体の祖霊《かみ》がジェット噴射のごとく霊気を吹き上げる。これが千八百年の大呪法から解放された力《ちから》か!? 千八百年搾《しぼ》りあげられてもまるで枯《か》れることがなかった。限りなく怨みを吐き出すその毒気に、あっという間に呑《の》まれた。

「ぐ……う……」

まるで猛毒ガスだ。嘔吐《おうと》しそうになるのを必死に堪えて、直江はうずくまった。怨霊本来の恐ろしさを思い知らせるような凄まじい念だ。肺《はい》が潰れ腸《ちょう》がねじれる、全身の血が黒くなる。毒には耐性ができていた直江でも、この怨霊の吐き出す怨念は限界を越えている。

「……しぬわけに……いくか……ッ」

視界が色を失っていく。

「おまえたちの……目的はなんだ。天孫への復讐か。熊野をどうするつもりだ。熊野を燃やそうとしてるのはおまえたちなのか！」

あちこちの毛細血管が破れて、皮下出血を起こし始める。直江は血を吐く思いで絶叫した。

「答えろ！　おまえたちがしたいことは一体なんなんだ！　記紀《きき》の神々にかわって地上に君臨《くんりん》

することか！　浄化することが望みではないのか！」

それとも！

「おまえたちも肉体を得て、生きようというのか！」

ドオンッ

大地を割るほどの轟音《ごうおん》が那智《なち》山一帯を揺すぶった。と同時に猛烈な衝撃波が生《しょう》じ、那智の瀑《ばく》布《ふ》の大量の水を下から上へと一気に吹き上げさせた。ビリビリと岩や木々が細かく振動しつづける。居合わせた者たちの心臓が、下手《へた》をすれば止まっていたかも知れないほどの衝撃だった。

（なんだ……ッ！）

降り注ぐ霧《きり》の中に、光の柱が立っている。

柱かと思ったそれは、大きく翼を広げた鳥の姿をしている。三本足の巨大なカラス。境内《けいだい》を覆《おお》い尽くすほどに巨大な八咫烏《やたがらす》だ。

「これは！」

ここまで巨大な八咫烏は見たことがない。

直江はその神気に覚えがあった。これは神倉《かみくら》山で感じた神気だ。まさか。

（高倉下命《たかくらじのみこと》か……！）

ウオオオオッ！

雄叫《おたけ》びがあがった。三体の丹敷戸畔の霊たちが悶《もだ》えんばかりに怨念を噴出《ふんしゅつ》させたのである。

「オノレ、高倉下！　天孫族ニ熊野ヲ売ッタ裏切リ者！」

（いかん……ッ）

高倉下命は神武天皇を助けたとされる男だ。同じ熊野の民だった丹敷戸畔にとっては、まさに裏切り者。真っ先に復讐すべき相手。

「滅ブベシ！　高倉下！」

三体の霊が怒りに我を忘れて、綾子達の肉体を飛び出した。霊はぐんぐん大きくなり、八咫烏と同じほどの巨大な霊体となっていく。まるで三体の熊だ。巨大熊だ。

神話に描かれた《大いなる熊》とはまさにこの姿ではあるまいか！

ゴオオオッ
と大地が唸る。八咫烏と巨大熊の凄まじいぶつかりあいになった。

神と神とが今、壮絶な闘いを始めてしまった！

「！」

鼓膜《こまく》が破れそうになる。神気同士のぶつかりあいは凄まじく、その直下にある直江達はともすると圧死しそうになる。すでに「人間」が介入できるレベルではない。必死に耐えるが、滝の高さほどある大霊同士の戦いは凄まじく、このままでは山そのものまで巻き添えにして崩壊させかねない。

「くう！」

稲妻《いなずま》が地上を物凄い速さで這《は》う。すぐ目の前にプラズマが走る。

三体の丹敷戸畔相手にさしもの高倉下命が苦戦している。八咫烏の羽が散る。噴き出す血のように、きらきらと金色のものが降ってくる。

（いかん！　怨霊が強すぎる！）

三体の熊が雄叫びを発する。このままではなぶり殺しだ。直江は八咫烏に加勢して、力のでる限り念を撃ち込んだ。その戦闘に反応したのは、倒れ込んでいた礼《れい》だ。

「……八咫…烏……」

礼の手がゴトビキの弓を掴《つか》み直す。おぼつかない足どりで、立ち上がった。

「礼さん……！」

直江の傍《かたわ》らで、礼が弓を取る。礼の掌《てのひら》に小さな炎が生まれたかと思うと、それが伸びて一筋《ひとすじ》の矢となった。礼が丹敷戸畔に向けて矢をつがえる。

矢を放つ！

ガアアアアアッ
悲鳴が那智の断崖《だんがい》に轟《とどろ》いた。礼の放った矢が正面の丹敷戸畔を射抜いたのである。

（凄まじい力！）

予想を遥《はる》かに超える一撃だった。射られた大霊が悶《もだ》え苦しむ。これが那智の者の力か。弘法《こうぼう》大師《だいし》から力を授けられた、那智の純血の力。

「直……江……ッ」

振り返ると綾子が横腹の傷を抱えながら、決死の形相で立ち上がっていた。

「あたしもやる…今しかない……《調伏》を……！」

後がない。直江は即断すると、丹敷戸畔に向き直った。直江と綾子が同時に毘《び》沙門天《しゃもんてん》の印を結ぶ！

「〃《バイ》〃！」

正面の丹敷戸畔がついに外縛《げばく》された。礼の矢のダメージが大きかったに違いない。ひどく弱まっている。《調伏》するなら今しかない……！

「のうまくさまんだ　ぼだなん　ばいしらまんだや　そわか！」

直江と綾子の印を結んだ掌が急速に白く輝き出す。みるみる八方から光の粒子が集まってきて真っ白な光球となり、破裂寸前まで密度を高めていく。二人はありったけの力を絞《しぼ》り出した。最強の一撃でなくてはならない！

「南《な》無《む》刀《と》八《ばつ》毘《び》沙門天《しゃもんてん》！　悪鬼《あっき》征伐《せいばつ》、我に御力《おんちから》与えたまえ！」

臨界点に到達する！

「《調伏》！」

二つの光球が炸裂《さくれつ》した。

瞬間、那智の滝一帯が真っ白な光に包まれた。

まさに光の大瀑布《ばくふ》だった。横殴りに襲ってきた土石流《どせきりゅう》のような光の圧力に、大霊の形が潰される。霊体が激しく上下に震動する。抵抗している。

！

大地を吹き抜ける強風のような悲鳴をあげて、真ん中の一体が吹き飛ばされた。快哉《かいさい》を叫べたのはそこまでだった。憤激した二体がさらに凶暴さを増し始めた。礼が太陽の矢を立て続けに打ち放ち、応じるように八咫烏も反撃を開始する。だが丹敷戸畔の怒りの方が凄まじい。

「なに！」

猛烈な震動とともに、滝壺《たきつぼ》に積み重ねられた巨大岩が浮き始めたのである。

（怨霊たちの念動力？　まさか！）

家ひとつほどもある巨大岩が、ブルブル震えながら滝壺から浮き始める。と、次の瞬間圧縮空気に押し出されたかのように、こちらに向かって大きく飛んだのだ！

「危ない！」

境内にいる直江達めがけて、岩が落ちてきた。ドォンという地響きとともに地面が陥没《かんぼつ》する。続けて飛んできた巨岩が飛瀧《ひろう》神社の社務所を押し潰《つぶ》す。落下の衝撃が山々に轟《とどろ》き渡る。直江達は逃げまくった。岩は次々と容赦なく落ちてきて境内を埋め尽くしていく。

（逃げきれない！）

影が直江達を呑み込んだと思った瞬間、轟音をあげて巨岩が木《こ》っ端《ぱ》微塵《みじん》になった。

「！」

誰かの念動力が巨岩を砕いたのだ。念で受け止める覚悟だった直江と綾子は拍子抜《ひようしぬ》けを喰らった。振り返ると、背後に横たわる巨岩の上に別の人影がある。

思わず目を剝いてしまったのは、そこにあるのが実に久方ぶりにみる男の姿だったからである。

「貴様の《調伏》、久しぶりに見させてもらったぞ、直江」

漆黒《しっこく》の髪に透き通るような白い肌をしたその男は柔らかな春風のような声で言った。

高坂弾正《こうさかだんじょう》であった。

「き……さま……」

直江は驚愕《きょうがく》の余り声もない。綾子が歯を食いしばって声を絞り出す。

「……あんた……ッ何しにここへ！」

「答えているほど悠長《ゆうちょう》な時ではないと思うがな。来るぞ！」

再び巨岩が頭上から降ってきた。あんなものに押し潰されてはひとたまりもない。直江が礼を抱えて大きく跳躍《ちょうやく》した。綾子は傷を負いながらも、自力で逃げまくる。隆也はテルを岩のくぼみに押し込んで必死に攻撃をしのいでいる。直江の頭上に再び岩が落ちてきて、たまらず逃げた瞬間、衝撃にやられて礼の体をもっていかれてしまった。

「礼さん！」

再び眼前で岩が砕けた。兵頭だった。憑依霊から解放された兵頭が、鎧玉《よろいだま》を炸裂させたのである。目の前に転がり落ちてきた礼を受け止め、兵頭が怒鳴る。

「見ろ！　怨霊がひとつになるぞ！」

二体の丹敷戸畔の大霊が背中合わせに合体していく。

その威容はとうとう高倉下の化身である八咫烏をも越えてしまった。

「《力》の使える者は全員、力を合わせろ！　あの怨霊を攻撃する！」

直江の号令とともに、礼が綾子が兵頭が、高坂までも加勢して丹敷戸畔の大霊に全力で攻撃をしかける。

大霊《かみ》の咆哮が那智の峰を揺るがせる。丹敷戸畔の放つ神気は最高潮に達した。巨大八咫烏が力尽きたように羽根を散らしていく。高倉下命が丹敷戸畔の怨念にとうとう屈したのだ。

「い…かん」

テルが声を絞り出す。このままでは那智山ごと丹敷戸畔に制圧されてしまう。飛瀧神社のみならず那智大社までが呑まれかねない！

「そうなったら、那智は怨霊のものになってしまうぞ！」

だが対抗するにはこちらの力が小さすぎる。あまりにもちっぽけすぎる……！

(景虎様)

直江は念じた。力の差は歴然《れきぜん》だ。彼ならどうする。こんな時どうやって闘う。圧倒的に力の及ばないこの状況を、どうやって！

「こたえて、神様！」

悲鳴のような声で叫んだのは、礼だった。

「熊野の神様、那智の神様！　お願い、一緒に闘って！」

「あかん……礼さん」

礼の袖を掴んだのはテルだった。瀕死《ひんし》状態で必死に訴える。

「このままここにいたら、……皆、死んでしまう。……生きるんや、生き残るんや」

「磯村さん！」

「退くんや、橘《たちばな》さん！　死んでは何もできん、あの怨霊は強すぎる。このまま闘い続けたら那智が崩壊する！」

ズズズ……

と地下を何かが走る音がした。巨大なモグラが走るように地面が盛り上がり、それが那智の滝に丹敷戸畔めがけて一直線に走っていく。山の斜面から亀裂《きれつ》が走る。それらが一斉《いっせい》に丹敷戸畔をめがけて走っていく。

「なに！」

　地下を走るのは十二本の筋。

「那智の神様が来た！」

　礼が歓喜の声をあげた。那智大社の十二柱の神々が、丹敷戸畔の怨霊を排除するため、ついに顕現《けんげん》したのである。

「いかん、神々が衝突する！　皆、身を伏せよ！」

　丹敷戸畔の大霊が受け止めるように待ちかまえる。十二本の筋が地下を走る魚雷《ぎょらい》のごとく突っ込んでいく。

　息を呑んだ。

　一瞬の静寂の後、それは来た。

　大地が割れたと思った。

　那智の滝が消えた。莫大な落下水がその衝撃で一瞬のうちに霧になって飛び散ったのである。

　水滴が降り注ぐ。

　那智の滝が化身した雨だ。

　境内には、十二筋の亀裂が残った。

（やったのか）

やがて霧が晴れていく。直江達は顔をあげた。

「！……あれは！」

滝壺に積み重なった巨岩の上に、人の影があった。

神の化身かと直江は思った。

その男は、那智の十二柱の神々を退けて、そこにあったのだ。

若い男だ。堂々とした体軀《たいく》に大きな布をまとった姿はまるでギリシア神だ。黒髪をなびかせて悠然《ゆうぜん》と滝壺に佇んでいる。

「那智に寄生した天孫族の神々よ。おまえたちは所詮《しょせん》この地に植え付けられたものに過ぎない。熊野の死者よ、ここに集《つど》え！　丹敷戸畔の祖霊よ、今こそ天孫を退ける時！　この滝をあなたがたの肉体となすがいい！」

（誰だ、あれは！）

突如出現したその若者は――「司《つかさ》」だった。死返《まかるかえ》りによって再生した平維盛《たいらのこれもり》の肉体に、換《かん》生《しょう》した司の姿であった。司は滝壺の巨岩の上に立ち、裏合掌を組みながら、丹敷戸畔の呪文を唱える。直江達に降り注ぐ水滴が突如、変質した。

「な、なにぃ！」

水滴が岩や木を灼《や》いていく。高耶の時と同じだ。那智勝浦《かつうら》でオイル霊と闘った時、液体が濃硫酸のごとく変質して襲いかかってきた。物質の融解と凝固を司《つかさど》る丹敷呪法は液体の性質までも自在に操る……あれは丹敷戸畔の呪力だったのか！

直江のすぐ背後で悲鳴が上がった。

「！――……礼さん！」

礼が羽交《はが》い絞《じ》めされている。凶行の主は悠太《ゆうた》だった。カオル側についた悠太である。皆が司に気を取られている隙《すき》に飛び込んできたに違いない。

「悠太、貴様……！」

悠太はいまだ催眠暗示が解かれていない。礼の首をへし折る勢いで絞めあげる悠太に「殺すな！」と叫んだのは意外にも司だった。

「兼光《かねみつ》さんが言っていたのはその子のことだ。那智の生き残り。カオル様の御子！」

その娘をここへ！

命じられるなり、礼を抱えた悠太の体が猿のように跳躍した。司の念動力に支えられ、計ったように司の目の前に着地した。

「たすけて、橘さん！」

滝壺の巨岩から礼が手を伸ばすが、直江たちは危険な瘴雨《しょうう》に阻《はば》まれて手が出せない。再生したての維盛の太い腕にとらまえられた礼は、必死に身を捩《よじ》って抵抗している。

「！　君は……ッ」

礼の顔を覗き込んだ司が、ギョッとしたように口走った。

「――理子《さとこ》……？」

いきなり実母の名を呼ばれ、驚いたのは礼である。

「……だれ？」

ゴオオオッ
と背後の滝が唸りをあげた。大瀑布の莫大な落下水が異様な形に盛り上がっていく。それがやがて人形を成していく。那智の滝が人の形になっていく……！

もはや直江達が手を出せるレベルではなくなってきた。

（水の巨神だ）

丹敷戸畔の死者《かみ》たちが、那智の滝という一個の巨大な肉体を得て立ち上がったのだ。

高倉下も那智大社の十二柱も、丹敷戸畔の大霊を破ることができなかった。圧倒的な力をもって、ここに強大な神が誕生したのである。

直江も、綾子も、テルも隆也も、兵頭も高坂も清正も、言葉をなくしてその壮烈な光景を見つめている。想像を絶している。

（――なんという力だ……）

「くそ！」

兵頭があがくように短銃で司を撃ちまくる。

「よせ、礼にあたる！」

「撤退や、橘さん！　怨霊が育ちすぎた！　今度はこちらを祟《たた》って来るぞ！」

テルが言ったとおり、目の前に立ちはだかる巨岩がみるみる生セメントのように溶け始めた。このまま足を捉えられたところを攻撃されてはひとたまりもない！

「逃げてー！」

司に囚《とら》われている礼が叫んだ。

「みんな、逃げてえええっ！　殺される！」

だが丹敷戸畔の申し子は、容赦しなかった。刃向かう者は皆、天孫の仲間なのである。

「丹敷戸畔の祖霊よ！　何もかも押し流せ！」

人の姿をした滝が、そのとき、一斉に崩れるのを直江は見た。

水が崩落する。鉄砲水となって押し寄せる。

その轟音。

まっすぐに直江達に向かってくる。

飛沫が巨岩にあたって、何メートルもの水の壁となった。

水は凶暴な勢いで、直江達を呑み込んでいく。

第二十二章　その炎は、闇よりも昏《くら》く

無風だった。

何の物音もしなかった。

ただ秋の太陽だけが、生き物の気配も絶えた採石場の白い崖《がけ》を照らしている。

割れたガラスに日光が蹴り上げられたように反射する。プレハブ小屋には血の匂《にお》いが立ちこめた。

譲《ゆずる》の犬歯《けんし》は、高耶《たかや》の首筋《くびすじ》を食い破った。

血が溢《あふ》れた。

その瞬間高耶は一瞬祈るように天に向けて目を閉じた。食い破られた首筋から血液が溢れ出す。そして譲の口中に流れ込んだ。

「ぐ！」

途端《とたん》に譲が高耶の体から離れた。口を押さえている。口元を高耶の血で真っ赤にした譲は、次の瞬間強烈な嘔吐《おうと》感を催《もよお》した。

「な、なんだこれは。そのからだ……ッ」

譲が苦悶《くもん》し始めた。

「なんだこれは！　う……ぐうう！」

猛毒の血だった。

高耶の全身を巡《めぐ》る猛毒の血液が、譲の体に入って全身を苦しませ始めたのだ。

「ぐは……うう……あああ！」

悶《もだ》える譲を見て、高耶は息を荒らげながら半身を起こした。首筋から血が滴《したた》って襟《えり》を染める。譲がのたうち回る様を恐怖の入り交じった眼差《まなざ》しで見つめている。

「お……おれを殺すの……かよ。高耶」

苦悶した譲が高耶に手を伸ばす。高耶は目を剝《む》きだしたまま、肩で荒く呼吸している。

「おまえは成田《なりた》じゃない……ッ」

かすれきった声で呻《うめ》くように言った。

「オレの知ってる成田譲じゃない。おまえは誰だ！」

「ぐあああ！」

毒がいよいよ回り始めたのか、譲が喉《のど》を掻《か》きむしりながら激しくのたうちまわりはじめた。

譲の苦悶に呼応して、ガラスがひとりでに割れ始める。プレハブ小屋が異様な震動を始め、薄い壁板や支柱がビスビスと音を立てて外れ始める。

（まずい……ッ）

急速に気の密度が高まったと思った瞬間――。

無人の採石場に爆発音が響《ひび》いた。プレハブ小屋が吹き飛んだ。猛烈な爆風の中から、高耶が転がるようにして脱出した。

「くっ！」

「喰らう！　その肉体を壊しておまえの魂《たましい》を喰いちぎってやる！」

吠《ほ》えたのは譲だ。跡形もなくなったプレハブ小屋の屋根やら窓枠やらが、生き物のように飛んできて高耶を襲う。

「喰らわれろ！　喰らわれろ、高耶あああ！」

猛烈な物理攻撃は、高耶に反撃の隙《すき》も与えない。ガラス片をかわしきれず、高耶はそれをまともに浴びてしまった。

「ぐは！」

全身が火を噴いたような激痛を発した。顔面こそ腕で庇《かば》ったが、ガラス片は全身に突き刺さった。血を流して沈む高耶に、譲が念を撃ち込んでくる。高耶は必死で《護身波《ごしんは》》を張る。

（強い！）

前にも確かこんなことがあった。成田譲と戦った。熊本《くまもと》でのことだった。そうだ、あの時の譲は信長《のぶなが》に操られていたのだ。

しかし今《力》《りょく》の強さは信長と同格、いやそれ以上。いやそれよりも。この猛烈な威圧感は何だ。闘うよりも先に、心を恐怖感で押し潰《つぶ》してしまうような、この威圧感は!

「骨まで粉々《こなごな》にしてやる!」

猛然と譲が襲いかかってくる。

黒い物体が二人の視界を横切ったのは、そのときだった。

譲が目を剝いた。黒毛の大きな動物が、譲の喉笛《のどぶえ》に食らいついたのだ。

「ガ……ッ!」

黒豹《くろひょう》だった。

高耶は息を呑《の》んだ。

「小太郎《こたろう》!」

風魔《ふうまの》小太郎だった。四国《しこく》にいたはずの小太郎が、どこをどうしてここまで辿《たど》り着いたのか。黒豹の姿のまま高耶を助けに来たのである。

「ぬおおおお!」

喉笛を食い破られて譲は暴れた。強烈な一撃で小太郎を薙《な》ぎ払ったが、小太郎はくるりと一回転すると再び高耶を庇《かば》うように四本足で地面にすっくと身構えた。

「小太郎……ッ。どうして、ここに!」

高耶の驚愕《きょうがく》をよそに、小太郎はなおも果敢《かかん》に譲に襲いかかる。さすがの譲も、高耶の毒にやられた上に喉からの大量出血で、動きが鈍くなっている。

「ぐは！」

小太郎の鋭い爪《つめ》に胸を裂かれ、譲がたまらず膝《ひざ》をついた。

「ふざけ……やがって……」

血塗《ちまみ》れの譲から、どす黒い気炎が立ちのぼる。それまでとは違う。異様な量の気だ。

（これは……！）

人間の発する《気》とは到底《とうてい》思えない。暗く禍々《まがまが》しい闇の力だ。怒濤《どとう》のように押し寄せるこれは、こんな《気》を発せられるものは——。

高耶の記憶の殻《から》が、軋《きし》みながら裂けていく。

譲が人と思えぬほどの咆哮《ほうこう》をあげた。それは山の鳴動のようでもあり、津波《つなみ》の轟音《ごうおん》のようでもあった。譲の影が膨《ふく》れ上がる。オーラの影だ。みるみるあたりを埋め尽くす。高耶も小太郎も、頭から呑み込まれてしまう……！

「成田……おまえ一体！」

肥大が止まらない。譲の肉体ひとつではとても押し込められていられないとばかりに、影法師《かげぼうし》が巨大化していく。その限りなさ・底知れなさは、かつて孔雀明王法《くじゃくみょうおう》を成した時の感覚を高耶に思い出させた。不気味で暗い官能的な力だ。毒々しくも濃い匂い、悪趣味なほど夥《おびただ》しい色彩、熱帯の密林の闇を思わせる——。

(負ける)

その圧倒的な存在感は、強靭《きょうじん》な高耶の心をも押し潰す。

(体が動かない!)

譲の巨大影法師が高耶を呑み込もうとした。まさにそのときだった。

「?」

おおおおお――……ん
どこか遠く空の彼方《かなた》から、巨大なホルンのような音が聞こえてきた。

白い採石場に風が巻き起こる。乾いた青空に急速に雲が立ちこめてくる。

音のする方角の峰を見上げた高耶は、思わず声をなくした。

(あれは!)

竜だった。

巨大な竜が、雲をひきつれて東の空から飛んでくるのである。

譲もその気配に気づいて空を見上げた。竜はたてがみを靡《なび》かせ、巨体をうねらせながら、猛烈な速さで、ここをめがけて飛んでくる。

「!」

竜の巨体が、高耶のすぐ脇《わき》を通り抜ける。高耶は夢中でたてがみにしがみついた。竜は高耶をすくいとるようにして、一気に上空へ舞い上がった。

「これは……ッ」

上空で大きく身をうねらせると、竜は雄大に反転して地上を向いた。その口が巨大ガスバーナーめいた噴射音をあげる。譲めがけて金色の炎を吐いた。

「ぬおおおお！」

火炎放射をくらって譲が火だるまになる。さしもの弥勒《みろく》も防ぎきることができなかった。

「くそお、おのれおのれおのれええええっ！」

譲が再び《力》を放つ。迎え撃つ竜はその《力》を口から吐いた金色の炎で呑み込んでしまう。満身創痍《まんしんそうい》の譲に、竜はとどめとばかりに炎を吹きまくる。悲鳴《ひめい》が轟《とどろ》いた。

「！」

その悲鳴が、高耶の記憶の弦を弾いた。

――……殺して……くれよ。高耶。

――もっと早く決めるべきだった……あいつに乗っ取られる前に。

――ごめんな、高耶。

（今のは……ッ）

高耶は条件反射のように右掌《てのひら》を見た。

誰かのこめかみを摑《つか》んだ感触だ。ひどく生々しい。

「な……んなんだ……よ」

場所は熊本だった。古城《こじよう》高校の屋上。信長に操られた譲と死闘を繰り広げた。記憶を失くしても掌が覚えている。

親友の——譲の首を絞《し》めた感触を。

(殺そうとした)

(オレは譲を)

譲の首を絞めたあの瞬間。魔が差したように殺意が頭をもたげた。紛《まぎ》れもなく自分の意志だった。憎しみだったのだ。親友への。誰に操られたわけではない。衝動にかられて、自分の意志で譲の首を絞めたのだ、あの時自分は!

「よせ……」

——……謙信公《けんしんこう》はオレを捨てて……大将の座を剥奪《はくだつ》して。

「やめてくれ」

——……直江《なおえ》もオレを捨てて、そしてまた景勝《かげかつ》をとるのか?

「ちがう。オレは」

——おまえは今また、オレから何もかも奪っていくのか、景勝!

「そんなつもりじゃない……オレはおまえを殺したかったわけじゃない!」

竜のたてがみにしがみついていた高耶が突然狂ったようにわめきだした。

「殺すな！　殺したら駄目《だめ》だ！　オレは殺したかったんじゃない……もう一度やり直したかっただけなんだ！　御館《おたて》の乱を起こさずに済んだ、そういうオレとおまえに！　きっとなる。一生モノの親友に……今度こそきっとなれるって……！　だから……！　そいつを殺さないでくれ、お願いです！　殺さないでください！」

身も割れんばかりに高耶は声を張り上げた。

「父上！」

竜の大きな瞳から攻撃色が薄れた。

火炎放射がやんだ。譲は衣服もほとんど燃え落ち、ほとんど素裸になってしまっている。高耶は呆然とそれを見下ろした。譲の火傷《やけど》した肌《はだ》は全身真っ赤になっていた。

「ゆ……ずる……」

「……ぐうう……オウギタカヤ……。おまえを喰らって……この〈閂《かんぬき》〉を外してやる……我が〈悟り〉の時のために！」

赤むけの血塗《ちまみ》れの体で、譲が立ち上がる。その形相《ぎょうそう》は赤鬼だ。常人ならとっくに死んでいる。

「うおおおおおお！」

譲が再び《力》を放った。竜は素早く身を躍らせて急降下し、腹を擦るようにして小太郎を拾い上げると、そのまま譲を蹴散らすように砂煙をあげて飛び去った。

「うおのれえええ！」

憤怒《ふんぬ》する譲を置き去りにして、竜は高耶を乗せ、疾風のごとく飛び去った。

地上にいる譲の姿がみるみる点のようになっていくのを見下ろして、高耶はたてがみにしがみついたまま呆然としている。竜の背を伝って小太郎が近づいてきた。高耶の首筋に顔を寄せ、いたわるように舌で舐《な》める。

高耶はたてがみに顔を埋めて震えた。記憶が一気に堰《せき》を切って甦《よみがえ》ってきた。

竜の背のぬくもりがそんな高耶を包んでいる。

風を切るようにして、金色の竜は熊野《くまの》の峰々を越えていく。

＊

那智《なち》山はどうにか崩壊を免《まぬが》れたようだった。

しかしそこはすでに、それまでの那智の滝ではない。

天孫《てんそん》に敗れた「まつろわぬ神」が支配する巨大な聖域と化している。

全員死んだ。

確実に、死んだ――誰もがそう思った。

しかし、どうやらまだ、切り札は残っていたらしい。

気がついた時には、直江達は全員病院に運ばれていた。テルは昏睡《こんすい》状態に陥《おちい》っており、横腹を刺された綾子《あやこ》はただちに手術台に載せられ、隆也《たかや》も念弾丸が貫通した肩の治療を受けることになった。

皮肉なことに、兵頭《ひょうどう》と清正《きよまさ》だけが無傷だった。

そして、礼《れい》の姿だけが、そこにない。

「精密検査を受けとうせ!」

廊下を行く直江の後を追うのは久富木《くぶき》だ。それまで高耶探しに奔走《ほんそう》していた久富木だが、同士討ちの知らせを聞いて病院に駆け付けた。ろくに治療を受けない直江に久富木は訴える。

「肋骨《アバラ》骨折がひどくなっちゅうかもしれん。兵頭さんにも撃たれたんじゃろ! 頭蓋骨《ずがいこつ》骨折で脳挫傷《のうざしょう》でも起こしちょったらどうするがじゃ! 安静にしちょれ、橘《たちばな》!」

だが直江は応じなかった。そんな悠長《ゆうちょう》なことを言っている場合ではない。

どうにかこうにか、助かったのは、奇跡のようなものだった。運が良かった。

或《あ》る者が助けに入ってくれたおかげで、彼らは全員生き延びることが出来たのだ。

だが状況は悪化の一途だ。礼を人質にとられたまま、那智の滝は丹敷戸畔《ニシキトベ》の大霊に占拠された。今は強い結界《けっかい》が張られていて、半径五百mは近づくことすらかなわない。おかげで、布都御魂《ふつのみたま》を手に入れるどころではなくなった。このままでは重野《しげの》カオルの手中も同然だ。

しかし、それ以上に直江の気がかりは、高耶の安否だった。

「仰木《おうぎ》隊長の居所なら、発信器でトレース中じゃ」

「今すぐ向かう。場所はどこだ」

「それがおかしい。まるで空を飛んじょるようなんじゃ」

「空を？」

直江は思わず足を止めた。

「ああ。物凄い速さで一直線に山を越えて、白浜《しらはま》のほうに向かっちょる」

携帯電話も依然通じない。ヘリにでも乗ったのか、或いは発信器を鳥にでも喰われたのだろうか、と久富木は首をひねっている。

どういうことだ？

どこに行こうとしているんだ？

「とにかく無事なのか。どうなんだ」

「い、今のところは何とも言えん。このまま行けば、その先は四国《しこく》じゃ。四国に帰ろうとしちよるのかもしれん。念のため浦戸《うらど》に連絡してみる」

そこに救急救命センターの方から担当の看護婦がやってきた。

「門脇《かどわき》さんの処置が終わりました。意識はしっかりしてます。お会いになりますか」

直江は幾分《いくぶん》緊張した面もちで振り返った。

＊

綾子は、白いベッドに横たわって目を開いていた。

西に面した窓からは夕陽が差し込んでいる。直江は沈痛《ちんつう》そうに綾子を見下ろしていた。ほつれた髪が痛々しい。綾子は情けなさそうに笑い、

「あんたと再会したら、絶対二、三発殴ってやろうって心に決めてたけど、……こんなしくじりやらかしちゃ、その資格もないわね」

「晴家《はるいえ》……」

「誰があたしたちを助けたの？」

直江は黙って、肩越しに目線を送った。その背後には、念仏僧に身をやつした男がひとり。

その顔を認めた途端、綾子はあっと声をあげた。

「明智《あけち》光秀《みつひで》！　どうしてここに……ッ痛」

「とんだところで会ったものだな。柿崎《かきざき》殿」

琵琶《びわ》法師《ほうし》の夢告に従って平維盛《たいらのこれもり》の首を探しに、熊野までやってきた光秀である。那智の滝での異常衝突は熊野一帯で感知されたらしい。吉川元春《きっかわもとはる》とふたりして、那智の浜から急行し、直江たちの救出にあたった。

「じゃあ、あんたたちが命の恩人てわけ」

「いや。正確には我々ではない」

千手《せんじゅ》観音だ。

と光秀は言った。那智山にある青岸渡寺《せいがんとじ》の本尊・千手観音。それが顕現《けんげん》したのである。千手観音は那智山に残された最後の守り手だった。直江達に押し寄せた大量の鉄砲水は、あたりを洗い流したが、千手観音の法力《ほうりき》は直江達を守り抜いて彼らをひとり残らず、丹敷戸畔結界の外へと脱出させたのである。

「――……多分、礼さんだろう。彼女は弘法大師《こうぼうだいし》から力を授かった那智一族の末裔《まつえい》だ。神仏習合を目指して空海《くうかい》が編み出した両部《りょうぶ》神道の申し子でもある。だが、仏尊《ぶっそん》まで顕現させたとなると、相当体力を消耗したはずだ。彼女の身体が心配だ」

まだあどけない少女がたったひとりで、直江たちを救ったことになる。守られっぱなしの自分たちが直江は心底情けなかった。

「それより、あのような場所でそなたら、何をしていた。四国に行ったものと思っていたが。この顔ぶれを見るに、そなたも赤鯨衆《せきげいしゅう》の仲間になったのか。柿崎晴家」

「違うわ。あたしは京都《きょうと》の行方不明者を取り返すために、清正たちと石上《いそのかみ》神宮に向かったのよ。それがこんなことに」

光秀が目を剝《む》き、直江も目を鋭くした。綾子は悔しさで歯がみし、

「石上では、熊野で五十年前に何とか流しにあったヤツが、平　維盛《たいらのこれもり》の髑髏《どくろ》を死　返《まかるかえ》ししようとしてた」

「！」

直江は息を呑んだ。ヒルコ流しのことだ。兼光晋吾《かねみつしんご》のことではないか！

「布都御魂《ふつのみたま》の在処《ありか》を聞き出すんだって言ってたわ」

「石上神宮と言えば……十種《とくさ》の神宝《かんだから》と十拳剣《とつかのつるぎ》。まさかそいつを使って死返りの法を？」

「それでは平維盛の首は、その者らが持っているのか！」

直江も綾子も一斉《いっせい》に光秀を見た。どういうことだ、と問う直江に光秀は、

「我らが探しているのは維盛の御首《みしるし》だ。全国の怨将《おんしょう》が一様に夢告を得た。琵琶法師の夢告だ。〝平維盛の首を探し出した者に平家《へいけ》一門の怨霊は従う〟と」

「！　――何者だ、その琵琶法師とは」

「わからん。怨霊天皇になる方法を知っているとも言っていた。ただならぬ琵琶法師だ」

直江と綾子は顔を見合わせた。平家一門の怨霊を動かせるとなると、相当の人物だ。

「まさか。維盛本人では」

「すでに各地の怨将が、夢告に応じて、熊野に集まりつつある」

直江は顔を強《こわ》ばらせた。

（厄介《やっかい》なことになってきたな……）

そうでなくても、カオルの方は面倒なことになっている。怨将どもが押し寄せてきて、下手《へた》に引《ひ》っ掻《か》きまわされては収拾がつかなくなる。

「それより——貴殿のことだ。直江信綱《のぶつな》……。まさか生きていようとは」

光秀はおろか他の怨将たちも、直江は阿蘇《あそ》で死んだものとばかり思っていた。それが換生《かんしょう》もせずに生きていて赤鯨衆にいたのである。しかも仰木高耶と一緒にだ。

「何か裏があるんだろう。那智の滝で何をしていた。布都御魂とは一体何のことだ。赤鯨衆は何を企んでいる」

詰め寄る光秀を制したのは綾子だった。

「布都御魂は神武《じんむ》天皇の伝説の剣のことよ。死返りをやった連中は、布都御魂を『真・三種の神器《じんぎ》』を発動させるために使うって言ってたわ」

綾子の新証言に最も驚愕《きょうがく》したのは直江だ。

「『真・三種の神器』……だと」

「石上を占拠《せんきょ》したのは重野カオルってヤツらしいわ。そいつが、世界規模の呪法《じゅほう》をやろうとしてるとか何とか。たくさんの霊魂が必要で、《闇戦国《やみせんごく》》はそのための布石みたいなことも」

「布石だと？　我々の《闇戦国》がか！」

激《げき》する光秀の傍《かたわ》らで、直江は考え込んでしまっている。《闇戦国》の発端が大斎原《おおゆのはら》にあって、それを解放したのがカオルならば、あり得ないことではないのである。

「布都御魂はどこにあるの。石上神宮にあったんじゃないの？」

直江は我に返った。言うべきか迷ったが、隠しても不審を招くだけだった。

「布都御魂は……那智の滝だ」

「なんですって。それじゃあ！」

「まずいな」

布都御魂を手に入れるためにはゴトビキの弓が必要だ。弓は礼が持っている。その礼は、丹敷戸畔の人質になっている。気づかれたら、一巻の終わりだ。たとえ礼が応じなくても、彼らには『那智の者』の最後のもうひとり――重野カオルがいるのだ。

（その世界規模の呪法とやらが、負けた神々の高天原《たかまがはら》への復讐になるというわけか？）

「ともかく今は礼さんを救出しなければならない。力を貸してくれないか、晴家。光秀」

全《すべ》てを話す、と直江は告げた。

＊

光秀は出ていった。耳を塞《ふさ》ぎたい気持ちだった。大斎原の神武呪法の話が衝撃だっただけではない。生前の全人生を賭して戦ってきた《闇戦国》が実は他人に利用されていただけかもしれない、と聞き、怨将として俄《にわか》に認めがたい気持ちが、光秀を外に出て行かせた。綾子とふたりきりになった直江は、あらためて彼女と向きあった。綾子は冷静だった。

西日が差し込む。

重く沈黙していた二人である。口を開いたのは直江だった。

「………。おまえには話さなければならないことがたくさんある。景虎様《かげとら》のこと、四国のこと、赤鯨衆のこと――」

「嘉田嶺次郎《かだれいじろう》に会ってきたわ。四国もこの目で見てきた。景虎とも、分身とだけど、少しだけ言葉をかけることができた……」

綾子はぼんやりと強い西日の差し込むほうを見つめ、

「景虎は何を考えてるの？」

「………」

「死者を本気でこの世に留めおくつもりなの」

直江は椅子に腰かけたまま背を屈《かが》め、膝《ひざ》の間で手を組み、

「――彼はもう、調伏力《ちょうぶくりょく》が使えないんだ」

綾子が驚いて目を剝いた。

「まさか。景虎に限ってそんなことが……っ」

「しかも肉体が変質した。阿蘇《あそ》で鬼八族《きはちぞく》の怨念を一身に受けたんだ。目は見るだけで人を殺す。呼気だけで人を弱らせる。体液は強酸のようなものだ。そのうち言葉をかけるだけで人を

殺すだろう。生きるだけで凶器になる。殺人生物も同然だ」

綾子はゴクリと唾《つば》を呑み込んだ。声を無くしている。

「……。そのことは、中川《なかがわ》から聞いたわ」

「そういう彼を受け入れたのは――赤鯨衆だった。彼らは今までの怨霊とは違う。『生きようとする』死者たちだった」

直江の脳裏《のうり》を四国での日々が巡る。四万十《しまんと》での激しい戦い。足摺岬《あしずりみさき》での再会、早朝のアジトで、朝日を背に受け告げた高耶。

――ここにはオレの生きる場所があるんだ。

「調伏力を失った時点で、我々は生存資格を喪失《そうしつ》したも同じになる。しかも生きてるだけで他者を害するとなれば尚更《なおさら》だ。どこをどう見ても『生きていてはいけない』としか答えを出せないその状況の中で、彼は考え続けた」

――存在していて、生きたい存在を否定することは誰にできるのか、誰ならできるのか、オレは知りたい。

――そのために他者から奪うことは許されるのか。許すというなら誰が許すのか。何が許すのか。

――オレは許せるのか。

「〈裏四国〉はそういう彼が出した答えだ」

綾子は呆然と直江を見つめている。直江は膝を照らす夕陽の源《みなもと》を追うように、窓のほうを眩《まぶ》しそうに見やった。

「彼は、霊を〝精神生存者〟とみなすことで、生き人同様、なんぴとからも存在を否定されてはいけない存在だと言おうとしたんだ」

――そうでなければ、望まず死んだ死者の心は永遠に救われない。

「人は、死と和解しないうちは死ぬべきではない。それが彼の考えだ」

「死と和解……」

「〈裏四国〉は、死と和解できなかった霊が死と向き合う場所だ。成仏《じょうぶつ》も意志で成る。おのが死を選択することは、人生の幕引きに責任をもつということだ。責任のない――いや責任の持ちようがない『死』が、この世に残る死者を生むと彼は考えた……」

それは生き人たちにも言える。憑依霊《ひょういれい》から肉体を守ろうとする意志を持つことで、彼らは、生きていることは当たり前のことではない、との自覚を持つだろう。

今ある生が、自分の意志で選び取ったものだと知れば、人は生きることを誰かのせいにしようとはしない。もっと生を、意志的で能動的な行為として捉《とら》えることができるかもしれない。

高耶はそう思ったのかも知れない。

――ここに生きていることを、どうか許してほしい。

「世界に対して、そう請《こ》い続けてきたあの人だからこそ。存在は許可されるものではなく、獲得していくものだと考えることで、今までの自分を乗り越えたかったのかも知れない」

「景虎は、生き人を守ることをやめたの？」

「やめたんじゃない。目覚めて欲しいと考えたのだと思う。自《みずか》らの肉体はそれぞれの意志で勝ち取れ、と」

――闘って獲得したものに、人は必ず誇《ほこ》りを持つ。

いつか剣山《つるぎさん》の山上で高耶はそう言っていた。

――そうなった時、生きるということは、きっと違う色を帯びて見えるようになる。

「そんな……」

綾子は目に涙が溢《あふ》れそうになり、慌《あわ》てて顔を背《そむ》けた。

「景虎は、じゃあ、肉体を巡る闘争を認めてるのね……」

「認めるとか認めないじゃない。闘争があるという現実を見据えて欲しいと思ったんだ」

「同じことよ。なら弱い人間はどうなるの。人の心は弱くなるときもあるわ。弱い人間は奪われても自業自得《じごうじとく》？　そんなのは強い人間の一方的な論理よ」

「そんなことは言ってない」

「弱くなることもできないの？　いつも身構えてなきゃいけないの？　みんな、ただ生きてるので精一杯《せいいっぱい》よ。へとへとよ。目の前の生活だけで、いっぱいいっぱいなのに！」

綾子は、耐えられない、とばかりに首を振った。

「自分の肉体で死ぬまで生きるって当たり前のことすら保証されないなんて、そんなのおかしいわ！　どうしてよ。おかしいわよ。みんな生きるだけでいっぱいいっぱいじゃないの。そんなこととも闘ってたら、心なんて磨《す》り減っちゃうわよ！　まともに生きていけないわよ！」

「だからこそ、じゃないのか」

流されまいとするように、直江は強く言った。

「苦しいからこそ原点に戻らねばならないんじゃないのか。なぜ生きているのか。生きようとするのか。確認しなくてはならないんじゃないのか」

「そんなことまで考えてられる人間ばかりじゃない」

「それでも向き合うきっかけにはなる」

「原点と向き合ってみたって、どうにもならないこともあるのよ！」

ふたりは黙って睨《にら》み合う。目線を外さないまま、直江が言った。

「――……少なくとも、四国では、憑坐《よりまし》が生きることを放棄しようとしない限り、肉体を奪われることはない」

綾子が目を見開いた。

「彼は、互いの存在を認めることが、争いをやめさせる唯一の道だとわかっているんだ」

争いのもとを断った共存圏。奪い合いのない唯一の場所。

（共存圏）

人間の「生きる」意志を、どうやれば一番よい形で尊重できるのか……。高耶は考え続けたに違いない。居場所のない遍路《へんろ》を受け入れてきた四国。その四国に高耶は見たのかも知れない。優しい共存の精神を。この地ならば、生き場所を追われた魂《たましい》たちを受け入れてくれると思ったのかも知れない。

綾子の瞼《まぶた》に、別れてからの高耶の姿が不意に思い浮かんだ。片膝《かたひざ》を抱えながら目だけをあげて、じっと考え続けた高耶の姿が目に浮かび、綾子は思わず毛布の端をギュッと掴《つか》んだ。

「……死と和解するって言ったわよね。できるの？　怨霊はどうなるの。憎む心は。怨《うら》む心は。泣き叫ぶ心は。怨霊が望むのは生きることじゃない。恨みを晴らすことでしょう」

「彼には……」

そういうものに対しては術《すべ》がない。

特別な力は何一つ持たない。

(無力なんだ)

《調伏》で恨みを断ってやることもできない。ただ寄り添うことしかできない。だが直江には高耶が昔と変わったようには思えない。

死遍路に寄り添う高耶は、時に死者の復讐《ふくしゅう》を叶《かな》えてやる報復人のような目をしていた。時にその胸で泣かせてやった。時に死者の甘えを断つように怒りの拳を振るうこともあった。そうやって死者の痛みを吸い取っていく。

「彼は母親なのかもしれないな」

存在していてはいけない者たちを。

「ゆるさない世界のかわりに、ゆるしているんだ……」

強かった西日が衰《おとろ》えていく。夕陽は山に沈んだのだろう。部屋は暗くなってきた。

虫の声が聞こえる。

綾子は黙り込んでいた。感傷を断つように立ち上がったのは直江だ。

「高耶さんを捜さなくてはならない。忙しくなる。もう行く」

慌ただしく出て行きかけた直江を、もう一度綾子が呼び止める。振り返った直江に、綾子は神妙《しんみょう》な表情を見せた。

「教えてもらいたいことがもう一つだけあるわ」

綾子は真剣な表情をしている。

「景虎が死ぬ……ってどういうこと？」

直江が目を見開く。

綾子は射抜くような目で、直江を凝視《みつめ》ている。

*

病室の前には、兵頭隼人《はやと》が壁にもたれて立っていた。

外はすっかり暗くなっていた。直江が出てきたのは、光秀が出ていってから四十分ほど後のことだった。綾子の絶叫は廊下にも聞こえていた。号泣していた。出てきた直江の顔は憔悴《しょうすい》している。

それを見つめる兵頭の方も疲れ果てていた。心なしか意気消沈《いきしょうちん》している。他人に憑依《ひょうい》を許した。この男がそれを屈辱《くつじょく》に思わないわけがないのだ。だが口には出さなかった。

「石上神宮に斯波英士《しばえいじ》が現れた」

ギョッとして直江が振り返った。

「なんだと」

「斯波の顔は覚えちょる。何度か報道で見た。宇和島《うわじま》で室戸《むろと》水軍を葬《ほうむ》った男じゃ。一目見た瞬間、目に焼き付けた」

「信長《のぶなが》が石上に……。なぜ」

「丹敷戸畔の怨霊はあの男に従った」

それだけではない、と兵頭は上目遣《うわめづか》いに目を鋭くし、

「わしに憑依した丹敷戸畔は、斯波のことを『カオル』と呼んでいた」

「！」

思わず直江が兵頭の胸ぐらを摑み、力任せに壁へ押しつけていた。

「どういうことだ。どういうことだ、兵頭」

「……………」

「斯波英士が──織田《おだ》信長が、重野《しげの》カオルだとでもいうのか！」

怒鳴る直江とは対照的に、兵頭はひたすら冷静な目つきで直江を見つめている。

憑坐とされた人間は、時に霊の思考や感情に同化することがある。憑依霊による言動を、体の内側から客観的に観察していることもある。転んでもタダでは起きない男だ。兵頭は、憑依されることで、丹敷戸畔から敵の情報を摑むことができたのである。

「……そっちの状況は今しがた久富木から聞いた。おんしらが追っていたのもカオルという男だったな」

直江は完全に青ざめている。

まさか……。

(重野カオルと信長は、同一人物だとでも言うのか)

兼光晋吾たちは織田とつながりがあるどころか、信長直々の命令で動いていたのか。

「馬鹿な……。ありえない」

あのカオルが信長？　そんなはずはない。いつからだ。生まれた時からか。どこかで重野カオルに信長が換生した？　大斎原《おおゆのはら》の後か？　それとも先か？　信長はカオルのことをどこまで知っていた？　大斎原の秘密も知っているのか。神武《じんむ》呪法のことも？

（まさか大斎原の蓋《ふた》を開けさせたのも、信長だというんじゃないだろうな！）

認識が一気にひっくり返る。戦国時代とは無関係の現代人・重野カオルが《闇戦国》を利用したとの考えは、ひっくり返る。逆なのか。信長がカオルを利用したのか。大斎原も、信長の差し金なのか？　主犯はカオルではないのか。布都御魂を探すのも、ヒルコ流しの復讐《ふくしゅう》ではないのか。カオルがもし本当に信長と同一人物なら、それは単なる復讐ではない。

「橘……サン！」

階段の方から、だしぬけに呼びかけてきたのは鳥越隆也《とりごえたかや》だった。一瞬その姿を高耶と錯覚《さっかく》してしまった直江である。腕を三角巾で吊《つ》っている。礼のことは久富木から聞いたらしい。

「那智の滝に行こう！　礼を助けねーと！　このままじゃあのコ……ッ」

直江の顔が見るからに強《こわ》ばっている。ただならぬ事態を察知して隆也が怪訝《けげん》な顔をした。

「……なにかあったのか？」

つられて緊張した隆也は、傍《かたわ》らにいる兵頭に気づいた。

「てめえ！　さっきはよくも」

隆也を撃ったのは兵頭だった。思わず掴みかかろうとする隆也には目もくれぬ様子で、直江が動き出した。斯波の正体を確かめねばならなかった。

「橘」

と兵頭が鋭く呼び止める。振り返る直江に、兵頭が言い放つ。

「……先刻おんしに言うたことは本音じゃ。おんしは赤鯨衆から去るべきじゃ」

——おんしは落伍者だ。去勢された犬じゃ。

直江が冷ややかに睨《にら》み付ける。

「おまえは、兵頭。力に溢れている仰木高耶にしか用がないんだろう？」

「なに」

「俺は違う。挑む対象でしかないおまえとは違う。力がなくなって誰からも見向きされなくなった仰木高耶も、俺の生きる理由だ」

兵頭は目を瞠《みは》った。

「俺はおまえと違って、挑戦者なんて言葉で満足できるほど淡泊にはなれない。そんな名前だけで、彼の全存在に立ち向かっていけるなど大間違いだ。おまえは甘い。彼の恐ろしさを本当にはまだ知らないだけだ」

（この男……ッ）

直江は容易には傷付かない鉱石のような瞳で、兵頭を見つめている。なにも知らないだと？

（わかっちょらんのはおんしのほうではないがか）

「おまえと議論してる時間はない。俺は行く」

「……赤鯨衆はいずれ生き人と全面的に闘うことになる」

行きかけた直江がピタリと足を止めた。兵頭は腕組みしたまま冷ややかに言った。

「わしらはわしらを殺そうとする者を敵とみなす。わしらの存在を潰《つぶ》そういうなら生き人は敵だ。そうなった時、おんしはどちらに味方する」

「兵頭……」

「仰木は赤鯨衆と共に、生き人と戦うじゃろな」

言い捨てて、兵頭は歩き出した。直江は険しい顔を崩さない。脅《おど》し文句でも何でもなかった。赤鯨衆と現代人はすでに一触即発《いっしょくそくはつ》の緊張状態にあるのだ。

直江は兵頭の背中を階段口に消えるまで睨みつけていた。

階段を下りてきた兵頭を、一階の外科診療室の前で久富木が待ちかまえていた。兵頭は歩みを止めないまま、

「久富木」

「は……はいッ」

「室戸《むろと》水軍を熊野灘に集結させろ」

後についてくる久富木にそう命じた。兵頭の眼は屈辱で煮えたぎっている。

「このしくじりは取り返す。丹敷戸畔の霊ども、絶対に許さん。必ずこの熊野から葬っちゃる」

＊

そしてここにもうひとり——。

屈辱に打ち震えている男がいる。

加藤《かとう》清正であった。

清正は軽傷だった。こめかみの浅い傷だけで済んだ。だが憑依を赦《ゆる》したというショックは殊のほか大きかったらしい。清正は病院の中には入らず、街灯のともる駐車場脇のベンチに座り込んでいる。

肩が震えている。

「話しかけるな！」

近づこうとする人の気配を拒絶して、清正は真《ま》っ青《さお》な顔でブルブルと震えている。

これほどまでの屈辱を味わったことがなかったのだろう。自分の肉体を怨霊に乗っとられ、意のままにされるなど、これ以上の辱《はずかし》めはない。武将に生まれてこの方、最悪の——このうえない屈辱であった。

「……加藤清正ともあろう者が……他人にのっとられるなど……」

拳が腫《は》れ上がっている。散々壁を殴ったらしかった。

「なんという……屈辱だ……ッ」

大きなソテツの陰《かげ》から、そんな清正を見下ろしているのは、高坂弾正《こうさかだんじょう》である。石上神宮の異変を察知して駆け付け、死返《まかるかえ》りの成就《じょうじゅ》を確認した後、維盛に換生した司《つかさ》を追跡し、那智に辿《たど》り着いたところに、あの戦闘だった。

「赤鯨衆などという雑兵《ぞうひょう》集団と馴《な》れあっているから、そのような無様なことになるのよ」

高坂の毒舌《どくぜつ》に「なにぃ」と声を荒らげた清正は、振り向いた途端、目を剝《む》いた。

「貴様、確か阿蘇の山荘で……ッ」

「高坂弾正昌信《まさのぶ》にござる。あの信長に元気よく刃向かった勢いはどこへやられたのかな」

「貴様アッ！　あの時はよくも！」

胸ぐらを摑みかけた清正の手を、高坂は軽く弾き、

「勝手に触られては困る。肥後《ひご》の加藤清正は接触読心《どくしん》を得意とするそうで」

清正がそれこそ歯を剝《む》く犬の形相で睨み付けると、高坂は小狡《こずる》そうな微笑でいなした。

「ここは戦国武将同士、正々堂々手を組みませぬか。清正殿」

「誰が貴様なんぞと！」

「我ら戦国人の戦に首突っ込む、うるさい他時代の怨霊が、このところのさばりすぎている。共に排除するのです。《闇戦国》の天下とるは戦国人でなければ意味がない。お仲間も同意しておられる。そうだろう、直江信綱」

向こう側のソテツの木陰から現れたのは直江だった。驚いて目を瞠《みは》る清正の前で、直江は静かな殺気のこもる目をしている。高坂は微笑した。

「悪戯《いたずら》放題の神々に、我ら戦国の怨将が諌言《かんげん》つかまつろうではないか」

＊

竜は静かに夕暮れの岩場に舞い降りた。

波が金色に輝いている。

熊野の山並みを越え、竜が降りた地は紀伊《きい》半島の西側、白浜の千畳敷《せんじょうじき》と呼ばれる広大な岩の海岸だった。

あたりには人影はない。

落日の名所として名高いここは、夕方になると夕陽を見にいつも人が集まるのだが、ここ数日はそんな気を起こす者もいないのか。今は駐車場にも停まる車はなく、静まり返って、岩に砕ける波の音だけが響いている。

もろい砂岩でできた黄茶色の岩盤は階段状になっていて、天然の段々畑を見るようだ。竜は最も海のほうに張り出した、テーブル状の岩場に舞い降りた。

高耶は竜の背から降ろされた。失血のせいで、ろくに立っていられず、座り込む高耶を支えるように小太郎が寄り添う。

夕陽がまぶしい。

「芦ノ湖《あしのこ》におられたのではなかったのですか。父上」

北条氏康《ほうじょううじやす》の化身《けしん》した竜は、海に半身を沈め、澄んだ蒼《あお》い瞳でこちらを見ている。

氏康と最後に会ったのは、五年前の萩《はぎ》だった。直江が撃たれた直後だった。絶叫して暴走した高耶が自ら生んだ炎から、彼を救い出していった氏康。壊れた高耶を必死に立たせようとしていた呼び声を、高耶はぼんやりと覚えている。胸を引き裂く悲しみの嵐の中で、遠い歌声のように聞こえていた。

その氏康も、高耶の顔をあらためて真正面から見つめている。

いまとなっては、高耶は北条一族の唯一の生き残りだ。

五年前の彼からは想像できないほど、顔つきが変わった。龍神となった父と真正面に向き合っても、まるで対等の者のように立つことができる瞳。

《大きなものを背負ったのだな。三郎《さぶろう》――……》

重く厳《おごそ》かな――氏康の声だった。

高耶は懐かしい思いで噛みしめる。

《そなたは、どうやらもう、この父を超えたらしい》

高耶は切なげに瞳を揺らした。こうして自分を見守っていてくれた大きな存在が、まだ自分にあったことを感謝するような瞳だった。

《……今空海《いまくうかい》と呼ばれておるそうだな》

「三郎景虎は大悪党になりました」
と高耶は言った。
「四国から太陽を奪いました。今の私は大罪人です。今空海なんて——……ちがう」
《だが死者はおまえを求めてやってくる》
高耶は疲れたような眼差《まなざ》しで、氏康を見上げた。
《険しい道を選んだな》
高耶は不思議そうな顔をした。
《肉体の誕生と死の間に人生があるという、揺るぎない摂理《せつり》を棲処《すみか》として安住してしまえば、その罪は犯さずに済んだろうに》
高耶は目を伏せた。
龍神は緩やかな海風にたてがみを揺らしている。
《おのが魂の腐臭に——気づいておるか》
高耶は小さく「はい」とうなずいた。
《あと半年だ》
高耶は息を呑んだ。
思わず顔をあげた。
竜は感情を浮かべることなく、吸い込まれるほど澄んだ瞳をこちらに向けている。

「……。そう、ですか」

震えがこみあげてくるのを必死にこらえて、高耶は自分を叱咤《しった》するように拳を握った。

目を閉じ、乾いた唇をかすかに開いた。

「次の桜に……届くかな……」

固く目をつぶり、顔を背けるように伏せて、唇を噛《か》む。左手首を握る。

(直江――……)

竜は黙って見つめている。

高耶は溢れてくる気持ちを飲み下すように胸に納めると、やっとの思いで顔をあげた。

「父上のお体も……だいぶ痛まれました」

金色の鱗《うろこ》に覆《おお》われる美しかった体表は、たくさんの傷痕が刻まれている。

《我も戦ったのだ》

と氏康は告げた。

《かつて北条が治めた地は、悉《ことごと》く平将門《たいらのまさかど》に奪われつつある》

「平将門」

鳥越隆也の話を思い出した。神田《かんだ》の首塚から将門の霊が呼び起こされたという話。彼の友達を死に至らしめたのも将門だった。

「それでは……父上は」

「お父上は、北条の聖地・箱根《はこね》を守ろうと、将門軍と戦ったのです。三郎殿」

「！」

岩場の陰《かげ》から人の声を聞いて、高耶は振り返った。下からあがってきたのは、見知らぬ若者だった。猟師だろうか。浅黒い肌に筋肉のほどよくついた涼しげな顔立ちの若者だ。

「おまえ……いつのまに」

風魔小太郎だった。今しがたまで憑依していた黒豹は、そう言えば、うずくまったきり動かない。久しぶりに小太郎が喋るところを聴いた高耶である。

小太郎は「失礼いたします」と断って、氏康の鱗を何枚か丁寧《ていねい》に剝がした。竜の鱗は傷を癒《いや》す。小太郎は小刀で手際よく鱗を刻み、高耶の首筋や全身の傷に張り付けていく。止血しようというらしい。

波音を背景に、竜は厳《おごそ》かな声で告げてくる。

《我に見えるものを、そなたに伝えねばならないと考え、この地までやってきた。来るべき阿《あ》鼻叫喚《びきようかん》から、この日の本の地を遠ざけねばならん》

「来るべき阿鼻叫喚……？」

その恐ろしい響きに、思わず固まる高耶へ、そうだ、と氏康は答えた。

《全国からこの熊野に向けて、怨将の軍勢が押し寄せている》

「なんですって」

《平維盛の首を手に入れた者は、怨霊天皇になれるというのだ》
高耶は目を剝いた。――怨霊天皇？
《だがその前に四国が沈む》
「！」
左の太股《ふともも》に強烈な激痛を覚えて、高耶は思わず声をあげそうになった。手で押さえると、みるみるモスグリーンの綿パンが血で染まっていく。
「……これは……」
《讃岐《さぬき》白峰《しろみね》の崇徳院《すとくいん》――》
氏康は厳かに告げた。
《日本最大の怨霊・崇徳院が目覚めた》

第二十三章　白峰の大魔縁

「崇徳院《すとくいん》――……」

その名を聞いて、高耶《たかや》は絶句した。

そして左腿《ひだりもも》から流れる血の符号に気づいて愕然《がくぜん》とした。高耶の肉体は、いま四国《しこく》と連動している。四国で何か変事ある時、それは必ず高耶の肉体の異常となって現れる。〈裏四国〉――足摺《あしずり》や宿毛《すくも》といった西土佐《とさ》を頭とする大きな「狗《いぬ》」。それが即《すなわ》ち高耶の肉体だ。異常は相当する部位に現れる。

崇徳院の陵《りよう》も、四国にある。香川《かがわ》県坂出《さかいで》市。狗の後脚の付け根にあたる場所だ。

「まさか、この血も――……」

高耶の左腿。そこはちょうど瀬戸内《せとうち》側。まさに坂出のあたり。白峰御陵《しろみねごりよう》があるところだ。高耶は血に染まったズボンの腿のあたりを引き裂いた。青黒く腫《は》れ上がって血を流している。

崇徳院の存在は高耶もむろん知っていた。

(怨霊《おんりよう》としては最凶《さいきよう》の天皇霊だ)

正確には元天皇。天皇位を退いて上皇《じょうこう》となった崇徳院こと第七十五代天皇・顕仁《あきひと》。今から約八百五十年前――院政《いんせい》時代のただ中。保元《ほうげん》の乱に敗れ、讃岐《さぬき》に流されて不遇《ふぐう》の一生を終えた悲劇の天皇である。

「しかし今まで復活の兆《きざ》しは、微塵《みじん》もありませんでした。むしろ白峰は土地の守護神であったはず。どうして今頃」

《何者かが京の白峯神宮を荒らした》

「！」

崇徳院は京都《きょうと》でも祀《まつ》られている。上京区《かみぎょうく》にある白峯神宮は、明治《めいじ》天皇が崇徳院の御霊《ごりょう》をわざわざ白峰から招いたものだ。そう、崇徳院は七百年後の近代国家直前の世でも、依然恐れられていたほどの大怨霊なのである。

その白峯神宮を荒らすとは。

「誰がそんなことを……」

《白峯神宮にあった煙ノ宮の怨珠《おんじゅ》がなくなっている。》

氏康《うじやす》は風魔《ふうま》忍軍《にんぐん》の生き残りを使って調べ上げたらしい。

《恐らくそれを悪用して崇徳院を刺激したのだろう》

高耶は青くなった。聞いたことがある。崇徳院を荼毘《だび》に付した煙から生まれたという黒玉だ。白峰で荼毘に付された時、その煙の中から生まれ落ちたという「怨念《おんねん》の塊《かたまり》」ともいうべき珠だ。

「煙ノ宮の怨珠」は長く白峰の麓《ふもと》に祀られていたが、実は明治の御還幸《ごかんこう》の際、神体として京の白峯神宮へと移されたとも言われる。

「誰かが怨珠を盗みだし、四国を攻撃しているというのですか」

と問うてから、高耶はふと疑問を抱いた。京都の神社はことごとく雨にやられているはずだし、しかも上京区は先日の大量失踪のまさに現場ではないか。

「白峯神宮は例の雨にはやられなかったのですか」

《降らなかった》

と氏康が答えた。白峯神宮はどういうわけか無事だったのである。

それではまるで故意に崇徳院のみを残したようではないか。

いや、まさにそうなのか？　雨を降らせている人間は故意に崇徳院のみ生かしたのか。

(四国を攻撃するために？)

だとするなら、これは間違いなく赤鯨衆《せきげいしゅう》への敵対表示だ。雨を降らせているのが大斎原《おおゆのはら》の神々だとしたら、彼らは赤鯨衆を潰《つぶ》しにかかってきている？

どういうことだ？

(下手をすると、四国結界のアキレス腱《けん》になりかねない)

高耶は歯を食いしばった。今すぐ四国に戻らなければならない。

（四国を守らねば）

＊

「絶対反対じゃ！　マスコミに乗せられて、そがいな場まで出ていくのは自殺行為じゃ！」

赤鯨衆の浦戸《うらど》本部では幹部達が紛糾《ふんきゅう》していた。会議室では今、議論が行われている。怒鳴っているのは斐川《ひかわ》左馬助《さまのすけ》だ。根来寺《ねごろ》から撤退して先頃帰還したところだった。

「しかしこのままでは、長与《ながよ》の言うとおり、現代人の反発は〝えすかれーと〟するばかりじゃ」

と答えたのはこちらも出雲《いずも》から戻ったばかりの古株幹部・岩田《いわた》永吉《えいきち》だ。

「ほじゃきいうて、ほんまのことを明かすいうがか。わしらは死霊集団や、ちゅうて洗いざらい話すいうがか。それこそ現代人を敵に回す！」

「生き人を引きずり込むのは得策ではない」

「だが、このままじゃあ、わしら無差別テロ犯扱いぞ！」

あまりの大激論に、皆に茶をふるまおうとした卯太郎《うたろう》も、立ち尽くしたままブルブル震えている。

仲間達の喧々囂々《けんけんごうごう》を、嘉田《かだ》嶺次郎《れいじろう》は椅子の背に凭《もた》れ、腕組みして聞いている。

——国民全員がセキゲイ宗の返答を聞きたがっている。ちゃんと皆の前で反応しろ！　違うなら違うと声をあげろ！

（どうする）

祖谷《いや》で会った長与孝司《たかし》とかいう報道屋は、なんとこの嶺次郎にテレビ出演を迫ってきた。カメラの前で真相を語れ、というのである。

（出て行くべきか、行かぬべきか）

濡《ぬ》れ衣《ぎぬ》を晴らそうとすれば、自分たちの真実も語らねばならない。自分たちが何者なのか。経歴も、元は怨霊《おんりよう》であったことも——〈裏四国〉のことも？

（現代人には包み隠さず明かした方が、ええのかもしれん）

例《たと》えば赤ん坊のことだ。この〈裏四国〉では今、産まれる赤ん坊に魂《たましい》が宿らない。カラッポの体には死者の霊が入るのだ。それが嶺次郎にはやりきれない。母親達は、死者の意志を叶《かな》えるために赤子を産むようなものではないか。

（死霊に提供しとうなければ、子供は外で作れとでも言うがか）

その〈裏四国〉が生まれた理由に言及《げんきゆう》されたら、どうする。

我々がやったと明かすか。今以上に赤鯨衆への敵意は燃え上がること間違いなしだ。

（政治家のように狡猾《こうかつ》に周到に、隠すべきところは隠し、公開すべきは公開するよう、計算を働かせよというのか。それが保身というものか）

腹黒い、と嶺次郎達が侮蔑《ぶべつ》した為政者《いせいしゃ》たちもこうして汚れていったのかもしれない。そもそも政治の本質とはそういうものなのだ。正直なだけでは大波に流される。操縦桿《そうじゅうかん》のように、真実の隠蔽《いんぺい》と公開とを時に応じて切り分け、波をどうにかこうにか和《やわ》らげていく。それが世論の波を渡っていく知恵というヤツなのだろう。

（だが、それでは「赤鯨衆の精神」に背《そむ》く）

仰木《おうぎ》高耶は、自らに不利でしかない真実を裸になって語ることで、皆に理解を求めた。

（だが仰木の時とは違う。わしらは現代人の信頼を得るだけのものを何も持っちょらん。これでは誰も信用せんじゃろう）

――現代人との争いは避けられんぜよ。

兵頭《ひょうどう》はいつも言っていた。腹をくくる時は必ずくる。覚悟をしておけ、と。

（社会と向き合う覚悟がないうちは、まだ大人ではない――……か）

自分たちの世界だけで通るものに安住しているうちは、まだまだなのだ。外の世界に主張できるものが確立していないうちは。

（例え険しい道を覚悟しても、赤鯨衆は前に踏み出さねばならん時なのかもしれん）

精神生存者の存在を、広く社会に訴えて、理解を求める――か？

（この、わしらが？）

嶺次郎は可笑《おか》しくなってきた。暴走族かチンピラも同然だった、このわしらが？　社会の理解を求めるだと？　どのツラさげて？　死者の代弁者になるだと？　あまりの似合わなさに、嶺次郎はひとり声も漏《も》らさず、笑った。

そんな嶺次郎の姿に気づいた斐川達が、呆気《あっけ》にとられてこちらを見ている。

(後ろ向きになってはならん)

きっと言葉は通じる、と。

信じねば。

だが中川《なかがわ》はそこまで前向きにはなれなかった。嶺次郎の熟考の様を対角の席から、じっと見つめていた中川である。つい先刻剣山《つるぎさん》から戻ってきたばかりだった。

(嘉田さん、マスコミというヤツには、よくよく用心したほうがえがです)

こちらが真実の弁明をしても、番組で嘘臭い大げさな演出をされればそれだけで説得力を失う。都合のいいところだけを使われる可能性もある。

(簡単に心を許してはいかんがです)

当の長与孝司も、嶺次郎らに連れて来られて浦戸にいる。

――あんたは……ッ。

面会した中川は呆気にとられた。神護寺《じんごじ》で兵頭に食い下がったリポーターだ。向こうも中川の顔を覚えていたらしい。中川は驚くよりも長与の執念《しゅうねん》に舌《した》を巻いた。

――仰木高耶はどこにいるんだ？　彼は何者なんだ？　教祖でなく代表でもない人間を、なぜ斯波英士《しばえいじ》は名指ししてきたんだ？

と、途端に質問責めが始まる。まったく報道屋というヤツは、知りたいという欲望にとことん忠実で、食らいついたら容易に離れない。まるでピラニアかスッポンだ。

（彼の言い分にも一理あるが、振り回されるのは厄介《やっかい》ですよ）

軍議室いっぱいにブザーが鳴り響いたのはそのときだ。中川も嶺次郎たちも我に返った。突然響き渡ったのは司令所からの緊急コールだ。嶺次郎がすぐに机中央のボイスポインターのスイッチを入れ、

「どうした、司令所」

と応答すると、スピーカーから『遍路《へんろ》方から緊急入電です』と切迫した声が帰ってきた。音声が切り替わり、かわって聞こえてきたのは監視所にいる染地《そめじ》伸吾《しんご》の声である。

『嘉田さん、八十一番札所白峯寺《しろみねじ》にて異常事態発生じゃ』

「なに。何が起きた」

『寺域から邪気《じゃけ》を伴った異常に強い噴気が流れ出ちゅう。境内《けいだい》におった死遍路《しへんろ》を巻き込んじょる。しかもどんどん拡がっちょるようじゃ』

札所の寺々は八十八カ所結界の結界点だ。結界点に異常が起こるのは〈裏四国〉になってからは初めてのことだ。

『結界そのものには今のところ支障はない。じゃけんど、これ以上拡大すると、結界点が潰れ

かねん。ちくと勢いがありすぎる』

「なんじゃと」

狗《いぬ》の体に穴があくということだ。即座に結界崩壊に繋《つな》がるということはないが、気の流出が続けば、結界全体が不安定になる。ただちに修復をせねばならない。

「すぐに呪師《しゅし》を急行させる。仰木たちの動きはどうじゃ」

『分身達は、遍路を安全なところまで誘導しちょる。とにかくわしも現場に急行する』

中川が慌ててテレビをつけて、モニター表示に切り替えた。画面には、結界監視所の霊波盤が写し出される。猪の頭頂部にあたる部分がぐにゃぐにゃと妙な波紋を発している。

「白峯寺……？　そこにゃ何がある？」

そこへ再び緊急コールが鳴り響いた。

『嘉田さん！　別件じゃ。熊野《くまの》の橘《たちばな》さんから緊急連絡です！』

「今度は橘か……ッ。早よ繋げ！」

ほどなくしてスピーカーから直江《なおえ》の声が聞こえてきた。

「橘か。どうした、仰木は見つかったのか」

『緊急事態だ。加藤清正《かとうきよまさ》、兵頭隼人《はやと》、それに柿崎晴家《かきざきはるいえ》の三名は我々と合流した』

「なんじゃと……ッ。三人は石上《いそのかみ》神宮に向かったはずじゃ。なぜおんしらの元になぞ……！」

と言いかけて嶺次郎はハッとなった。石上神宮から発せられた異常な波紋。安否の確認に向かった真木《まき》たち諜報《ちょうほう》班は、現場で三人を見つけだせなかったという。

「石上で一体何があったがじゃ」

『詳しいことは帰還後報告するが、重大事態が起きている』

冷徹で通した「黒き神官」の声が、いつにないほど緊張感を帯びていた。

『仰木隊長代理・橘義明《よしあき》の名で至急、応援を要請する。腕の立つ精鋭を、明朝までに、出せるだけ那智《なち》に向かわせて欲しい。占拠された那智の滝を強行奪還する』

＊

一方、その頃――。

沖《おき》ノ島《しま》水軍は紀伊《きい》水道を東へと横断しようとしていた。船団の先頭に立って率いていくのは、「鵜来《うぐる》の寧波《ねいは》」の大将船だ。関船ながら、三段構えの櫓《やぐら》は極めて戦闘的なフォルムで、とても女が操るような船には見えない。小早船がメインで、安宅船こそ持たない沖ノ島水軍だが、機動力では足摺・室戸《むろと》両水軍を凌ぐスペックを誇る。

その大将船の舳先《へさき》には「鵜来の寧波」の姿があった。

「どがいですね、かしら」

と船室に当たる櫓から出てきたのは、一ノ船団長・青月《あおつき》だった。海の女はこの程度の潮風、長時間あたっていても寒くはないらしい。赤毛の短髪を靡《なび》かせて、寧波はスポーツブラと膝丈《ひざたけ》スパッツという勇ましい出で立ちで、暗くなっていく海を見つめている。

「今のところ、霊船のようなもんは見あたらんね」

実は先日から紀伊水道で起きる、奇妙な事件を追い始めた寧波たちである。この海域を航行する船で、乗務員がSOS信号を出した直後、全員次々と怪死を遂げるという。救援に向かった船の話では、漂流中の船には、船霊《ふなだま》が群がっているというのだ。

「船霊といえば、柄杓《ひしゃく》で船を沈めるのが相場ですけど、乗務員だけ殺すというのは何でしょうね」

「このあたりじゃ霊船の船団も頻繁《ひんぱん》に目撃されちゅう。南紀《なんき》を本拠地にする船団といえば？　青月」

「………。熊野《くまの》水軍ですか」

ああ、と寧波は腕組みしながら、陸影を睨《にら》み、

「この先の白浜《しらはま》ちゅうとこには三段壁ちゅう大きな洞窟《どうくつ》があって、その沖合は昔から『魔の牟《む》呂《ろ》沖』と漁師に恐れられちょったと聞く。桓武《かんむ》天皇の昔や言うき相当前のことやね。〝多賀《たが》丸《まる》〟ちゅう海賊の船隠し洞窟とかってね」

「それって熊野水軍の先祖かなんかですか」

「まあ、水軍なんてもんは、元はみんな海賊みたいなもんやったきねぇ」

かくいう寧波たちも元々は沖ノ島の海賊だ。兵頭の室戸水軍などは、捕鯨船団あがりだから、まだ品がいいと言える。

「小源太《こげんた》なんざ、いまだ海賊の癖《くせ》が抜けちょらん」

がはは、とひとしきり笑って、寧波は不意にまたしょげてしまった。

「小源太のヤツ、無事ならばええが」

厳島《いつくしま》神社で行方不明になって、すでにひと月以上が経つ。その小源太たちを助けに行くと言った兵頭も、石上神宮で何か異常事態に巻き込まれてしまったらしい。

「こんなことなら、あたしもついて行くんだった。これで隼人の身に何かあった日には」

「なに気弱なこと言うちょるがです。らしゅうもない」

「清正のヤツ、このあたしを連れていかんで、事もあろうに上杉《うえすぎ》の女なんぞ連れていきよったがよ！　あの上杉ぜよ！」

「仰木高耶の仲間ちゅうわけですね」

「あんの坊やの仲間だか何だかしらんが、あたしは認めちょらん。仰木は仰木、上杉は上杉じゃ。隼人を助けにいくいうて本当は殺す気だったんじゃ」

「考えすぎです。兵頭さんも小源太もきっと無事です。そう簡単にくたばるような男ではありませんき」

そうやね、と言って寧波は少しだけ気を紛《まぎ》らわしたが、そこへ櫓の最上段から通信係の金切り声が飛び込んできた。

「かしら！　熊野から入電です！　室戸の久富木《くぶき》からです！　兵頭さんが無事やったと！」

聞いた途端、寧波が物凄《ものすご》い勢いで櫓の最上段へ駆け登っていった。

「室戸水軍に集結命令？　何があったんね」

入電内容を聞いて、寧波が目をしばたたいた。

「そもそも何で兵頭が熊野におんね。天理《てんり》に向かったはずだったんじゃ」

通信機の向こうの久富木は、口ごもっている。丹敷戸畔《ニシキトベ》に憑依されたとは寧波には明かしづらかった。兵頭にとっては近年にないほど屈辱の大失態なのである。

『詳しい話は頭《かしら》から聞いとうせ。ともかく〝那智の滝〟奪還作戦の兵隊が要《い》るんじゃ。沖ノ島にも参加を要請したい』

「ああ。モチロンだよ」

寧波は二つ返事で応じた。途端に元気が湧いてきた。

「熊野灘の那智湾だね。わかった。すぐに針路変更するよ！　青月、全船に伝えな！　面舵《おもかじ》――！」

発しかけた寧波は次の瞬間、目を凝《こ》らして身を乗り出してしまう。きょとんとしている隣の青月から双眼鏡を奪って、寧波はさらに水平線の向こうに目を凝《こ》らした。

「なんじゃ、あの船団は」

不気味な燐光《りんこう》を水平線に漂わせて、こちらに向かってくる。あれは――明らかに現代の一般船舶ではない。木造の、しかし実体のない……。

「全船戦闘準備」

寧波の低い声に、青月もゴクリと唾《つば》を呑《の》み込んだ。乗組員一同がたちまち緊迫《きんぱく》した。

「微速前進、識別信号を打って様子を見る。攻撃の気配が認められるまで、手を出してはいかんぜよ。ええね」

不気味な怪光を伴って、霊船団が近づいてくる。

（あれが船の乗員の命を片っ端から奪ったという船霊か？）

圧倒的な霊気の量に、寧波たちは戦慄《せんりつ》した。

津波のごとく押し寄せる。その膨大《ぼうだい》さに気づいたとき、寧波たちはこみあげてくる震えを、止めることが出来なくなっていた。

＊

「どういうことだ」

携帯電話に向かって、高耶が乾いた声を発した。

「重野《しげの》カオルは――信長《のぶなが》かもしれない、だと……?」

日が落ちてから、ようやく直江と連絡をとれた高耶である。直江は今、那智勝浦の宿泊施設にいるらしい。無事を喜び合う暇もなく、その後の極めて厳しい状況を伝え聞いた高耶は衝撃の事実を知ることになった。

「同一人物? 斯波英士は重野カオルだったっていうのか? 馬鹿なことを言うな!」

思わず携帯電話に向かって怒鳴り返してしまった高耶だ。

『兵頭に憑依《ひょうい》した霊が斯波をそう呼んだとのことだけなので、確認したわけではありません。しかし石上神宮に信長が現れたのは事実です』

みるみる表情を強《こわ》ばらせた高耶である。

「わかった。すぐにそっちに合流する。神璽《しんじ》の方はどうだ。烏《からす》は、あと何羽残ってる?」

直江は胸ポケットから、本宮《ほんぐう》大社の神璽を取りだして烏を数えた。

『あと二十九羽です。全部消えるまで、もう幾《いく》らもありません』

「………。とにかくすぐ戻る」

『高耶さん』

呼び止められて、切ボタンにあてた指を止めた。

『譲《ゆずる》さんは今どこに?』

置き去りにしてきた譲のことを思い出して、高耶は口をつぐんだ。痛みとも悲しみとも罪悪感ともつかないものが胸を覆《おお》い尽くして、言葉を紡《つむ》ぐのも気が重くなった。

「あいつとのケリはオレがつける……。おまえは心配しないでいい」

とだけ答えて、高耶は携帯電話を切った。重苦しさが二倍になったような気がした。

(決着《ケリ》……？　なんの？)

高耶は自問して、苦笑いした。

(オレ自身の、か)

高耶は今、千畳敷《せんじょうじき》近くの閉鎖《へいさ》したレストハウスの中にいる。埃《ほこり》まみれのソファに腰掛け、外の街灯の光に浮かび上がるのは、腫《は》れ上がって血を滲《にじ》ませる左腿だ。

(……戻るとは言ったものの)

これではろくに歩けない。

(このまま穴が広まろうものなら、四国の結界もオレの体もヤバイ……)

そこへ小太郎《こたろう》が戻ってきた。氏康《うじやす》を海上に見送ったところらしい。どこぞのサーファーに憑《ひょう》依《い》したらしい小太郎の外見は、金髪でこそないが日焼けして鼻ピアスまでしている。享楽《きょうらく》的な外見が小太郎には不似合いすぎる。

「……………」

小太郎は黙って救急セットを片づけている。そんな小太郎の手元を見つめながら、高耶が声をかけた。

「何も言わないんだな……」

　包帯を巻き取っていた小太郎の手がふと止まった。高耶はそんな小太郎を見下ろし、

「動物に憑依するうちに、言葉も忘れてしまった――か？」

　小太郎は無表情に指先を見つめている。

「オレを責めないのか」

「……」

「おまえに『直江』を押しつけた」

　小太郎の睫毛《まつげ》は動かない。高耶は痛そうに凝視《ぎょうし》している。

「人間の口を得たなら、おまえは答えられるはずだ。どうして獣を選んだ。おまえはオレを責めていいのに」

「言葉を持ちたくなかったから」

　小太郎が初めて言葉を発した。

「人間でいることをやめたのです」

　高耶は目を瞠《みは》る。

　獣に憑依して現れて以来、初めて聞いた小太郎自身の言葉だった。

「小太郎……」

「人ではいたくなかったのです」

小太郎はかすかに目を伏せて、低く呟《つぶや》いた。

「こんな感情など持つくらいならば」

――名を呼んでください。

――私という存在を受け入れる、たったひとつの『名』を！

高耶から直江と呼ばれることを求めていた小太郎。直江になろうとするあまり、直江自身をも否定しようとした小太郎……。

〝人でいたくなかった〟

それは小太郎の口から初めて聞いた、彼の心の言葉だった。常に客観的で、自分の感じることまでもまるで観察対象のように分析してみせる小太郎が、初めて吐いた、

（おまえの言葉）

正確無比な機械のようだった小太郎の初めて発した「想い」が、気持ちの否定だったことに、高耶は言いようのない悲しみを覚えた。

言葉を封じたかったのだ。小太郎は。

言葉のない動物の感覚に身を任せることで、分析しきれぬ心の苦しさから逃れたかったのだ。小太郎の心の蒸気機関はあの時、限度を超えて吹き上げてくる感情に耐えきれず、ブリキの心臓ごと砕《くだ》けてしまったに違いない。

小太郎はそれきり、喋るのをやめてしまう。口を横一文字に結んでいる。痛々しい気持ちに

なって、高耶は小太郎を見おろしている。

(おまえもまた――)

(オレの弱さの犠牲者だ)

高耶が頬《ほお》に指先を触れてきたので、小太郎は目を見開いた。

「人に戻れ」

囁《ささや》きかけるように高耶は言った。

「四国にいって人に戻れ」

「……人に戻って、『心』に乱されるくらいなら、獣のままで」

あの「風魔《ふうまの》小太郎」にこんな言葉を吐かせるほど、彼は傷ついたのか?

自分の罪深さを思い、高耶はもう何も言えなくなってしまった。言葉にできなくなった分、身体が動いた。気がつくと、小太郎の頭を抱き寄せていた。

小太郎は目を見開いている。

「すまなかった、小太郎」

高耶の腕に包まれて、小太郎は呆然《ぼうぜん》としていたが、やがてその胸に顔を埋めるようにして目を閉じた。魂の奥底から、遠い遠い記憶が甦《よみがえ》ってくるのを感じていた。赤子の頃の記憶だった。

産まれてたった七日だけ、小太郎は母に抱かれたことがあった。そのたった七日の記憶だった。

母の体温、乳の匂《にお》い、母の声……。脳なのか魂《たましい》なのか、そのどこかに染みついた記憶は自分のものなのか、憑坐《よりまし》のものなのか、判然とはしなかったが――。

ふと小太郎が顔をあげた。赤子のように無垢《むく》な眼をしている、と高耶が思ったとき、小太郎が、まるで母の乳房を求めるように、高耶の唇を求めてきた。

「よせ、小太郎――」

「……」

「憑坐が死ぬ」

小太郎はかまわず、高耶の口を吸う。高耶はそれきり拒《こば》まず、させるにまかせた。唇を吸われても、不思議と性的な感覚を抱かなかった。子供に乳をやる母獣のような気持ちだった。

「景虎《かげとら》様」

小太郎がポツリとそう呟いた。高耶は驚いて目を瞠《みは》った。だが小太郎が高耶のことをそう呼んだのは、これが最後だったのだ。

「ありがとう……」

小太郎の表情は安らかだった。

＊

「あの金色の雨が何か、わかるか。小太郎」

出発の身支度を整え始めた頃には、もう小太郎もいつも通りの「風魔小太郎」に戻っている。その眼には感情を抑えた冷静な光が漲《みなぎ》り、忍びの中の忍びと呼ばれた男の顔に戻っていた。

「神璽《しんじ》の鳥が消えるまで幾らもない。すぐに金色の雨を止めさせないと、熊野が燃える。だが方法がわからない。そもそもあの雨が何なのかも」

「水結界」

と小太郎が口を挟んだ。

「風魔の妖術にも似たような結界法があります。水分の拡散——箱根《はこね》では霧でしたが、それを以《もっ》て一定地域を包むことで結界するのです」

「あの雨は結界なのか」

「特殊な結界です。箱根神社も降られましたが、あれは恐らく、場ごと、この世の裏とも呼ぶべき場所へ隠蔽《いんぺい》する類《たぐい》のものです」

だから消滅《しょうめつ》してしまったわけではない。神は殺されたわけではないのだ。そういえば兵頭も証言していた。消えた小源太たちはどこか別の場所に連れ去られただけだと。

「雨は誰かが故意に降らせてるっていうのか」

「伊勢《いせ》神宮です」

ギョッとして高耶は小太郎の顔を覗き込んだ。小太郎は極めて冷静に答えた。

「伊勢神宮が高倉山《たかくらやま》の外宮《げくう》にて四十日の禁忌《きんき》大法を執《と》り行っています。その上、外宮の祭神・豊受《とようけ》大御神はもはや、主ではありません」

「どういう意味だ」

「豊受大御神はとってかわられたのです。他の神に」

高耶は目を剝いた。

「祭神替えを行った？　馬鹿な。あの伊勢神宮だぞ」

伊勢神宮は他の神社とは格が違う。「天下無双の聖地」と呼ばれた神道《しんとう》の一大中心地だ。外宮と内宮《ないくう》に分かれていて、両者は五キロほど離れている。内宮の祭神は天照大御神《あまてらすおおみかみ》。日本最高の太陽神であり、最も尊い神とされる。垂仁《すいにん》天皇の時代、もともとは宮中で祀《まつ》られていた大御神をこの地に遷《うつ》したのが創祀《そうし》とされる。

一方の外宮、祭神は豊受大御神。穀物《こくもつ》の神で、天照大御神に食物を奉《たてまつ》るとの意味があるらしい。また日本中から総氏神が集まり、祀られた社は別宮・摂社《せっしゃ》末社《まっしゃ》を合わせると百を超える。

その外宮の祭神が、別の神に取って替わられたというのだ。

「いったい何の神に」

「水蛭子《ヒルコ》大御神《のおおみかみ》です」

と小太郎が答えた。高耶は耳を疑った。

「なんだと」

「――……伊勢神宮は外宮に水蛭子大神を据えて禁忌大法を行っています。禁忌大法の具体的な内容は定かではありませんが、呪法開始と金色の雨が降り出したのとが連動しているところを見ると、九割方間違いない。伊勢神宮外宮には、ご存知の通り、全国の総氏神が集まっている。あの場所ならば、全国の社《やしろ》に一挙に働きかけることが可能なのです。雨を降らせているのは、伊勢神宮です。いや正確には伊勢神宮を占拠《せんきょ》した者たちが」

高耶はあまりのことに呆然とし、ゴクリ、と唾を呑んだ。

「……まさか」

伊勢神宮は二年前の国見山《くにみさん》の大崩落の時から、織田《おだ》に全面占拠されている。

「雨を降らせているのは、信長なのか」

小太郎の目はひたすら冷静だ。高耶は愕然《がくぜん》とし、

「……祭神が消えるのは、神武《じんむ》呪法への復讐《ふくしゅう》だと思ってた。カオルたちが関わっているのは間違いない。あの雨も、大斎原《おおゆのはら》の死者が高天原《たかまがはら》の天孫《てんそん》に復讐してるものだと思ってた。どういうことだ。カオルは、やはり信長と手を結んでるのか！」

（いいや――）

高耶は、全身を流れる血が氷水のように冷たいと感じた。

(カオルは……信長なのか?)

体中がわけの分からない慄《ふる》えに襲《おそ》われ、高耶は思わず自分の身体《からだ》を抱いてしまう。

そうなのか?

信長は知っているのか。神武呪法のことも。大斎原の蓋《ふた》を開けたのもヤツなのか?《闇戦《やみせん》国《ごく》》を生んだのは、カオルではなく、信長なのか?

(あの男の本当の目的はいったい何なんだ!)

「降雨をやませる方法はあります」

「!」

小太郎は黒々とした瞳でまっすぐに高耶を見下ろし、

「氏康公は織田の占拠以来、ずっと伊勢神宮を監視し続けてきました。以下は氏康公からのお言葉です」

「父上の」

「伊勢神宮を直接武力襲撃するのも一つの方法です。が、内宮の天照大御神がまだ健在である以上、神域に侵入するのはまず不可能。禁忌大法はすでに発動中で、物理的な力で中断させることは難しい。対抗するには、呪力をもって粉砕《ふんさい》するしかありません」

「呪力だと」

高耶が再び唾《つば》を呑み込んだ。

「伊勢神宮を呪詛《じゅそ》しろというのか」

「しかも波動型の呪詛では、伊勢神宮の超結界を破ることはできません。大陸間弾道弾《ICBM》なみの一撃粉砕型でなければ通用しません」

つまり――。

高耶は青ざめた。

「〈裏四国〉の負の呪力を伊勢神宮に叩き込めと」

小太郎はうなずいた。

「もう一度、辰砂《しんしゃ》の道を――四国結界の〈気道〉を開くのです」

大転換以来、〈気道〉は閉じている。中央構造線上の水銀を利用した強力な呪力管だ。四国結界の霊力を最も効率よく通すことができる。辰砂の道は国見山の崩壊で伊勢神宮まですでに貫通済みだ。これを利用すれば、またとない弾道になる。

「しかし――」

と高耶は躊躇《ちゅうちょ》した。

「そのためには四国内で燃焼している霊力を溜めなければならない。ただでさえ白峰が危険な状態にある。霊圧があがれば、白峰にあいた穴から下手《へた》すると結界が壊れかねない」

「修復を急げば問題ないはずです」

「それに、〈裏四国〉の負の呪力を〈気道〉に通すのは危険だ。気道上にある人たちが巻き添を喰《く》わないと言い切れない」

「しかしそれ以外に、短時間で確実に降雨をやめさせる方法はありません」

神璽の烏はすでに三十羽を切っている。このペースだと、二、三日中には全部が消え他の呪詛法では間に合わない。

「氏康公も加勢するとのお言葉です。ご即断を」

高耶は険しい表情になった。

タイムリミットが迫っている。

「………。とにかく白峰の結界点の修復を急ごう。崇徳院のことはあの男と何とかする」

と言って高耶はテーブルにしがみつきながら、立ち上がった。

「オレたちは那智に戻る。礼《れい》を助けて、那智の滝を逆占拠する。カオルが布都御魂《ふつのみたま》を何に使おうとしてるかはわからないが、大斎原の死者《カミ》の復讐と無関係じゃないはずだ」

高天原の天孫（王権）に従った神々（地方豪族）を追放し、神武呪法の人柱になった敗北者側の死者が取って代わる。逆襲だ。

この逆襲をなんとか食い止める手段はないのか。

（大斎原の死者《かみ》たちを全《すべ》て四国で迎え入れるしかない）

それしかない。彼らが力を持っている限り、この戦いはやまない。彼らを四国に迎える。怨念は四国結界に吸われることで、どうにか和《やわ》らげてやることができるはずだ。

（手に負えない場合は、……直江たちの手で《調伏《ちょうぶく》》も）

と考えて、高耶は自分の矛盾《むじゅん》に気づき、苦々しく思った。

（オレは《調伏》を否定したんじゃないのか）

「車が用意できました。那智に向かいましょう」

小太郎の言葉に高耶は驚いた。

「豹《ひょう》に戻るんじゃなかったのか」

「――……そのつもりでしたが、そうも言っていられません。歩けますか」

小太郎が高耶に肩を貸す。高耶はどうにか歩き出し、レストハウスを出た。目の前の駐車場には四駆《よんく》が止まっている。乗り込もうとしたときだった。ふと高耶が何に気づいたのか、浜のほうを振り返った。

「なんだ……ッ」

海岸のほうで怪光を感じたのだ。強い霊気だ。確かめようとして、高耶が千畳敷のほうに歩き出す。

「あれは！」

千畳敷の南のほうに広がる断崖《だんがい》のほうから、巨大な怪光が放たれている。どんどん明るくなる。

「三段壁のほうです」

赤茶けた岩の断崖が二キロに渡って続いている。昔、漁師がこの崖から魚群を探したところから「見壇」と呼ばれ、転じて「三段壁」と呼ばれるようになった。この先には三段壁洞窟と呼ばれる巨大な洞窟もある。怪光は、洞窟のある辺りから放たれている。

「なんだ、あれは！」

崖の陰《かげ》から、巨大な船が出現した。

霊船だ。光を放つ霊船だ。しかし船体は崖の高さよりも遙《はる》かに巨大で、大きな島と見まごうばかりだ。

「多賀丸《たがまる》」

と小太郎が呟《つぶや》いた。なに、と問う高耶に、

「桓武朝の頃、このあたりに出没したと言われる海賊船です。最近牟呂沖に巨大船が出没するという噂があったのをご存知ですか」

「巨大船？」

「伝説の多賀丸が熊野《くまの》水軍の霊船を率いているとのこと。ここしばらく頻繁《ひんぱん》に出没して南紀《なんき》周辺の海域を防衛しているようなのです。間違いない。あの船のことに違いない」

島ほどもある巨大船の周囲には、たくさんの小魚のように軍船が従っている。

「熊野水軍……。源平《げんぺい》合戦で源氏側について、壇ノ浦《だんのうら》の合戦を勝利に導いた、あの」

不穏な状態は海にまで及んでいる。

南紀全体が異様な雰囲気に包まれている。

海風に吹かれながら、高耶は厳しい顔つきで霊船の怪光を睨《にら》み付けている。

＊

「景虎殿はご無事だったようですな」

誰もいなくなった暗いロビーに、高坂《こうさか》が下りてきた。那智の浜が見おろせる高台にある宿泊施設を、直江達は拠点とした。すでにフロントにも人影はなく、非常口を示す誘導灯と煙草《たばこ》の自動販売機の明かりがいやに煌々《こうこう》として眩《まぶ》しい。

灰皿には吸《す》い殻《がら》が溜《た》まっている。直江は煙草の臭《にお》いがしみついたソファに、頭を預けるようにして天井を見つめていたが、高坂の気配に気づくと、体を起こして身構えた。

「そんなにピリピリするな。余裕のない男だな。成田《なりた》譲に喰《く》われたものと思いきや。あのしぶとさはゴキブリ並みだな」

「貴様……ッ」

「覚醒《かくせい》したミロクは手強《てごわ》かったろう」

「……やはりおまえは何もかも知っていたんだな。信玄《しんげん》を成田譲に憑依《ひょうい》させたのも」

「信玄公は成田譲の〝覚醒の贄《にえ》〟となられた。素晴らしいことだろう。我が主は弥勒菩薩《みろくぼさつ》の栄《は》える血肉となられたのだ」

直江は煮《に》えたぎるような目で高坂を睨み付けている。

「貴様の目的はなんだ。武田《たけだ》のために成田譲を利用するような顔をしておいて、おまえの本当の主は、最初からミロクだったのか」

高坂は相変わらずと言った女と見まごうほどの美貌《びぼう》を、少し歪《ゆが》めて微笑した。

「仰木美弥《みや》は我が武田が保護している」

「なに」

「目を剝《む》くな。保護だと言ったろう。現代人どもの暴力から守ってやっているのだ。感謝されてもいいほどだぞ」

「美弥さんを人質にとったのか！」

直江が高坂に掴《つか》みかかった。が、肋骨《ろっこつ》の激痛に襲われ、手が緩《ゆる》んでしまう。苦悶《くもん》を浮かべる直江の顔を見て、高坂がいきなり直江の腹に拳《こぶし》を突き入れた。が、拳は寸止めで留まっている。

「………ッ」

「上杉を捨てて景虎をとるとは、わかり易《やす》い男だな。それで望み通り景虎と結縁《けちえん》できたのか」

目を血走らせて睨み付ける直江を、高坂は涼しげに見守っている。

「怒ることはあるまい。主人をおのが女にして閨《ねや》の支配者となり、裏で操る家臣は珍しいことではなかった」

「彼は女になんかならない」

「ほう。では、おまえが女になったのか」

「貴様のくだらん話につきあっている暇はない。美弥さんは今どこにいる」

「教えられるわけがなかろうが。なに、景虎が我らの邪魔をせねば、いつまでも大切に預かっておいてやる」

直江が懐《ふところ》からサバイバルナイフを引き抜こうとするのを見て、高坂が「おっと」と制止をかけ、

「私の身に何かあれば、人質はすぐに殺すように言ってある。早まるなよ」

歯噛《はが》みしながら直江は懐から手を抜いた。高坂は長めの前髪の間からニヤリと目で笑い、

「内心安堵《あんど》しているのだろう？　あれだけの上玉だ。素性も知れぬ者らに捕まって、聞くも無惨な目に遭《あ》わされるよりは余程マシだものなァ」

「………。美弥さんの身に何かあったら、貴様を殺す」

「景虎次第だ」

高坂はポケットからコインを取り出して、自動販売機の投入口に押し込んだ。ことん、と落ちてきた赤いパッケージの煙草を、取り上げながら高坂が言った。

「石上神宮に信長がいたそうだな」

直江は冷ややかに目をあげた。

「石上には要注意だぞ」

「どういう意味だ」

「石上には三種の神器《じんぎ》より歴史の古い『天孫の徴《しるし》』が祀《まつ》られている」

例の「十種《とくさ》の神宝《かんだから》」は、高千穂《たかちほ》の天孫降臨よりも前に地上に降りたニギハヤヒにアマテラスが授けた『天孫の徴』だ。十拳剣《とつかのつるぎ》は言うまでもなくイザナギの剣。布都御魂は——「天孫の武《ぶ》威《い》の象徴」。いずれも天孫神話の要を握るアイテムだ。

「これら石上の三神は、拝み屋の間では古くから、もうひとつの〝三種の神器〟と呼ばれた。オリオン座の三ツ星に対する斜《なな》め下の小三ツ星になぞらえて、『三種の神器』を三星様《さんじょうさま》、石上のほうを影三星《かげさんじょう》、との陰名で呼ぶ者もいた」

有名なオリオンの三ツ星は誰でも知っている。だが実際は、影三星こと小三ツ星のほうが強いエネルギーを秘めているのだ。影三星にあるオリオン星雲は星を生み出す莫大なエネルギーの巣だ。まさにそれが影三星の本質なのである。

「事実、古《いにしえ》の拝み屋たちは影三星のほうを恐れていた。それを祀る石上神宮は一種の脅威《きょうい》でもあった。布都御魂が中臣《なかとみ》氏によって宮中に移されたのも、実は影三星の力を分散させて、石上の力を削《そ》ぐためだったのだ」

「武藤《むとう》が言っていた『真・三種の神器』というのは、石上の影三星のことなのか」

「……いずれにしても、布都御魂が石上に戻れば、石上には強大な力が集まる」

「まさか。信長は、布都御魂を石上神宮に戻そうとしているのか！」

高坂は煙草《たばこ》を一本取り、直江の胸ポケットからライターをつまみあげて、火をつけた。

「信長の狙いは、《闇戦国》を世界に広げていくことだ」

「！」

「この国と同じ状況を創《つく》り出すために」

直江は愕然《がくぜん》と立ち尽くした。

どういう……ことだ……。

「ふん。そんなことになったら、〈裏四国〉ごときでは死者を受け入れきれん。世界中の死者など迎えてはあんな狭い島は過密状態でパンクしてしまうに決まっている」

「どういうことだ、高坂！」

「布都御魂を信長に渡すなということだ」

険しい顔になって高坂が鋭く言った。

「でき得《う》ることなら破壊してしまうに限る。例の那智の者の少女とやらも、殺してしまった方が今後のためだ。そのためならば力を貸そう。最大限にな」

会話が途切れたその時である。ふと人の気配を感じて、ふたりは階段のほうに目をやった。

鳥越隆也《とりごえたかや》がそこに呆然と立ち尽くしている。テルの意識が戻った、と直江に伝えに来たところだった。

「礼を殺す気か」

言うなり、弾《はじ》かれたように駆け下りてきて、物凄い勢いで高坂の胸ぐらに摑《つか》みかかった。

「てめえ礼を殺す気か！　させねえぞ、死ぬのは清美《きよみ》とマサユキだけでたくさんだ。礼は絶対に殺させねえ！」

高坂は冷めた目のまま、くわえていた煙草をフッと吹きだした。火のついた煙草が手の甲に触れ、隆也は悲鳴をあげて手をスッ込めた。

「元気のいい坊やだな。何者だ」

「鳥越隆也。テルばあさんの弟子だ。審神者《サニワ》になる……！」

「顔立ちが景虎に似ているな」

と言って高坂はポケットに手を入れると、隆也の脇《わき》を通り抜け様、

「しかしヤツの目はもっとギラギラしていたぞ。現代人のガキが首を突っ込む話ではない。テレビでも見て家で震えてろ」

「な……んだと、てめえ」

青筋をたてる隆也を制止したのは、重苦しい表情の直江だった。高坂は人を食った顔で鼻を鳴らす。エレベーターロに向かおうとしたところで、ふと足を止めた。客室から下りてきたエレベーターにちょうど兵頭隼人が乗っていた。

高坂と兵頭の視線がまともにかち合った。

「……。武田が元上杉と、何を悪い相談しちょった」

「ふん。川中島《かわなかじま》の昔話に興《きよう》じていたのよ。赤鯨衆の兵頭とか言ったな。土佐《とさ》の田舎者《いなか》にはわからん話だ。せいぜい鍬《くわ》でも磨いてろ」

捨て台詞《ぜりふ》を残し、高坂の姿はエレベーターの向こうに消えていく。会った瞬間から犬猿《けんえん》の仲というものはあるものだ。高坂の気障《きざ》で尊大な言動は、兵頭の神経を逆撫《さかな》でしてやまないらしく、すでに兵頭の中ではブラックリストナンバー1の座についている。いつか殺《や》っちゃる、と心に誓って、気持ちを切り替え、直江を振り返った。

「浦戸《うらど》が怒っちゅう」

立ち尽くしていた直江が目を上げた。

「勝手に怨将《おんしよう》と手を組みおって。赤鯨衆は同盟は組まん。入隊する者とのみ手を結ぶ。おんしや掟《おきて》を踏み倒した」

「今はそれどころじゃない」

「おんしはそれで済むじゃろうが、赤鯨衆の在《あ》り方に関わる。臼杵《うすき》でのおんしはどこにいった」

「少し黙ってろ!」

思わず怒鳴ってしまった。兵頭は僅《わず》かに目を瞠《みは》ったが、すぐにいつもの冷静な目つきに戻

り、

「おんしゃ一人で戦うちょるわけではない」

ぴくり、と直江の肩が揺れた。

「言われんでも、信長はわしが殺る。今はそのために生きちょるようなもんじゃ。ヤツは真島《まじま》達を殺した。仲間の仇《かたき》は必ず討つ」

というと、高坂が落としていった煙草を拾い上げ、灰皿に押しつけた。絨毯《じゅうたん》には黒い焦げ跡が残った。

「沖ノ島の寧波たちが白浜沖で霊船と戦闘状態に入ったそうだ。室戸水軍が応援に向こうちょる。作戦実行の明朝には間にあわんかもしれん」

「てめえ……一体ナニ者なんだよ」

背後で牙を剥いて唸《うな》っているのは、隆也だ。

「てめえも怨霊なのかよ」

「鳥越ちゅうたか。現代人にしてはエエ眼をしちょるな。ついて来い。その怪我《けが》の償《つぐな》いに、おんしに念短銃の使い方を教えちゃる」

兵頭は隆也に念短銃を投げてよこすと、外へ出ていった。隆也はズシリと重い短銃を手に、呆然と立ち尽くしている。どうしたらいい？　というように隆也が振り返る。直江はうなずいてやった。信頼できない相手というわけではなさそうだ。そう思ったのか、隆也は不承不承ながら、兵頭の後をついていった。

直江は胸のコルセットを押さえながら、壁にもたれこむ。

——信長の狙いは、《闇戦国》を世界に広げていくことだ。

(死霊たちのグローバライゼーションか?)

皮肉を呟《つぶや》いて笑みを浮かべてみる。

(非情にならなければ)

漠然《ばくぜん》とした予感だった。

この先は恐らく、迷ったら、それが命取りになる。

躊躇《ためら》うことも許されない。

(俺が非情にならなければ、あの人はこの先歩きつづけていくことが出来ない)

試されている、と感じた。

ここでわずかな弛《ゆる》みを見せれば、運命は容赦《ようしゃ》なく高耶を淩《さら》っていくだろう。

(思い出せ。俺はなぜ、楽園を選ばなかったかを)

景虎と生きるためだ。死という温水で満たされた水槽のメダカにはなりたくなかった。現実は思うに任せない暴れ川だ。荒々しい濁流《だくりゅう》の中でも歩き続けられることを示したい。

(俺は挑むことをやめたわけじゃない。その対象がほんの少し変わっただけのことだ)

耐えきれない世界を覗き込み、凄《すさ》まじい恐怖の中で受け入れようとして腕をブルブル震わせながら僅《わず》かに……そう僅かに開く。その恐怖。史上最悪の恐怖を凝視《ぎょうし》しようとして、眼球を震わせる。瞼《まぶた》を僅かに…僅かに開く。その瞬間の勇気。

発狂と紙一重のその覚悟を持ってすれば、他に恐れるものなど何もありはしない。世界には何もないはずだ。

(成田譲を殺す)

血の涙を流して嘆き悲しむ高耶《あのひと》を、俺は冷徹な顔で受け止めることができる。発狂するかもしれない高耶《あのひと》を、俺は正気で見守り続ける。

(この体が死んでも、命はまだ、あと六十億ある)

　成田譲を、殺す。

直江は天を仰いだ。

俺は捨てる。

今から、一切を捨てる。

第二十四章　崇徳院伝説

白峰《しらみね》は、香川《かがわ》県坂出《さかいで》市郊外の五色台《ごしきだい》にある。

五色台は、瀬戸内海《せとないかい》に突き出た緑の高台だ。坂出と高松《たかまつ》の間に衝立《ついたて》のようにそそり立つ五色台は、この辺《あた》りのライダーにとっては恰好《かっこう》のワインディングロードらしい。瀬戸内海に突っ込むような急な下り坂は、なかなかに迫力だ。

《眺《なが》めもいいし、どうせならきれいなおねーさんとデェトで来たかったよなー…》

朝焼けの海岸線沿いの道路。海側のガードレールに凭《もた》れながら、瀬戸大橋を眺《なが》めている若い死遍路《しへんろ》がいる。尤《もっと》も彼は白装束は身につけていない。

千秋修平《ちあきしゅうへい》だった。

ここは五色台の突端だ。目の前にふたつの島が見える。

《奥のとんがってるほうが大槌《おおづち》島。手前のなだらかなほうが小槌《こづち》島。大槌島と小槌島の間の海峡が――椎ノ門《つちのと》》

と独り言《ひとごと》のように言って、千秋は背後を振り返った。

《崇徳院《すとくいん》が呪いの大乗経《だいじょうきょう》を沈めたとかいう場所だよ、なぁ？　景虎《かげとら》》
いつの間にか千秋の背後にもう一体、霊がいる。正確には霊ではない。〈裏四国《しこく》〉の今空海《いまくうかい》の分身――高耶《たかや》の精神体だ。
《やっとご登場かい。大将》
千秋はふてくされている。
《〈裏四国〉になってから一年半、てめえのほうから出てくんのは、これが初めてだよな。景虎》
死遍路のもとへは現れても、千秋の前にあえて自分から出てくることはなかった高耶である。
《今空海か……。たいそうな名前名乗るようになっちまったじゃねーか。ん》
大した犯罪者だ。歴史に名を残す大悪人だ。それを止められなかった俺も俺だが、
《これで満足かよ。今空海》
揶揄《やゆ》する千秋に、高耶は答えない。
《分身なんかで現れないで、正々堂々生身で来いよ。それとも俺に《調伏《ちょうぶく》》されんのが怖いのか》
潮風にも、高耶の髪は揺れない。さざ波がザザン、とガードレールのすぐ下の岩場に打ち寄せる。瀬戸内海の穏やかな海を背にして、千秋は言う。怖いわけねーよな、と。

《おまえ、心の底じゃ望んでんじゃねーの》
隠すなよ、と千秋はかすかに首を傾《かし》げた。
《……俺ならおまえを《調伏》してやれる。気づいてるんだろ？　おまえら二人はどう生きるか突き詰めるほど、自分たちじゃ、ピリオドに向かって突き進むしかねえんだよ。俺ならその道断ち切ってやれる。請《こ》えよ、景虎》
高耶はひたむきな目で千秋を見ている。
《俺に強がっても仕方ねえだろ。消えたくないなら、見せてみな。弱音吐いてもいいんだぜ。俺ならおまえを『生き方』って網から解き放ってやれる。……》
だが。
千秋はかすかに目を細めた。
高耶は目を伏せて微笑するだけだった。
（だろうな……）
たとえ消えることが怖くても、高耶は言わない。弱音を、願いと取り違える人間でもない。
わかっていることだった。
軽く溜息《ためいき》をついて、不意に千秋は大きく伸びをし、
《まったく、この島じゃ便所でクソしてても、てめえにいちいち見られてるようで、落ち着きゃしねえ。行動はみんなお見通しってか。言っとくが俺はおまえのパシリじゃねーぞ》

高耶は微笑した。千秋よりも更に存在感が希薄《きはく》な肉体は、時折透《す》けては、瀬戸内海の色と混ざりそうになる。

《自分から来たくせに》

高耶が初めて声を発したので、千秋は驚いた。

《……。何しようとどこ行こうと、俺の勝手なんだよ》

プイと海の方を見る。このあたりは四国でも明るいほうだ。四国を覆《おお》う雲は、瀬戸内海付近で切れていて、対岸の岡山《おかやま》あたりには美しい青空が広がっている。あちら側は爽《さわ》やかな秋の早朝という風情《ふぜい》だ。

《崇徳院の件で俺の調伏力あてにしてんのかもしんねーが、こっちも肉体がねーからな。調伏はできねーぞ。換生《かんしょう》もすっ気はねえぞ》

わかってる、と精神体の高耶が言った。

《いけしゃあしゃあとよく言うぜ。誰のせいでこんな体になっちまってっと思うんだよ》

《嫌じゃないくせに》

なんだとォ、と摑《つか》みかかろうとしたが、霊体と精神体で喧嘩《けんか》というのも虚《むな》しいので、やめた。

《……ンな余裕ぶっこいてていーのかよ、大将。そもそも俺は織田《おだ》の手先だったんだぜ。崇徳院目覚めさせたのも、この俺かもしんねーよ？》

と千秋が唇《くちびる》をつりあげる。だが高耶は挑発には乗らない。
ち、と千秋は舌打ちした。
《俺がここに来たのは、単に崇徳院なんかに騒がれちゃ、うぜーからだ。てめーを助ける気はねえ。勘違《かんちが》いすんなよ》
いちいち断りを入れてくる千秋が、なんだか「らしく」て高耶の分身は顔を伏せて笑った。
《笑うんじゃやねえ》
と頭にごっつり拳が落ちてくる。確かに笑っている場合ではない。気を取り直した二人である。
背後にそそり立つ五色台のほうを見る。まるで噴煙のごとく異様に濃い霊気が、空に向かって噴き出している。
《大魔縁《だいまえん》様がお目覚めなすった》
崇徳上皇がこの讃岐《さぬき》（香川県）の地に流されたのは、保元《ほうげん》元年（一一五六年）のことだった。保元の乱で、弟の後白河《ごしらかわ》天皇に敗れた崇徳上皇は、この配流《はいる》地にて、父・鳥羽《とば》上皇の菩提《ぼだい》を弔《とむら》おうと、己《おのれ》の指先から血を出して五部の大乗経《だいじょうきょう》を三年がかりでしたためたという。
失意と望郷と悲しみのなかで、写経を完成させた崇徳院は、父の永眠する京に、この大乗経を納《おさ》めようと願い出たのだが、無情にも許されなかった。二度と都の土は踏めないと覚悟していた崇徳院だ。せめてもの写経の入京の願いまで拒絶されて、崇徳院のささやかな願いは憤怒《ふんぬ》へと姿を変えたという。
崇徳院はこの五部の大乗経に、舌を噛《か》みきったその血で、「日本国の大魔縁とならん」と血書し、椎ノ門の海峡に呪いをこめて沈めたと伝わる。
その後も崇徳院は、髪も爪も伸び放題のまさに「生きながらの天狗《てんぐ》」なる恐ろしい姿になって、呪詛《じゅそ》を続けながら、配流九年目に憤死《ふんし》したという。
《この坂出のあたりは、崇徳院関連の史跡も多い。ここもそのひとつだ》
と高耶が案内してやってきたのは、五色台の西側。高屋《たかや》町にある高屋神社だった。
《別名・血の宮。ここも崇徳院史跡のひとつだ》
白峰に至る長い登り坂の入り口にある。鬱蒼《うっそう》と茂る木々のせいか、やや暗い印象の神社だ。二本の石柱の間に注連縄《しめなわ》が張られ、その奥に立派な神門がある。ふたりは石段を上がって境内《けいだい》に足を踏み入れた。
《崇徳上皇は鼓岡（坂出市府中町）で崩御《ほうぎょ》した後、朝廷が埋葬地を決定するまで、遺体は八十《やそ》場《ば》の湧泉《ゆうせん》に浸されたと伝えられてる》
夏場であったため遺体の腐敗を防ぐためだったと言われる。八十場は後に、崇徳上皇の殯《ひん》れん（遺体を棺に納めたまましばらく安置すること）の地として、その近くに「白峯宮」が祀《まつ》られた。
八十場から白峰に向けて出発した葬列は、途中猛烈な雷雨に襲われた。荒天が回復するまで高屋神社に棺を置いたという。すると、棺の台にした石に血が滴《したた》り落ちてきたというのだ。

高耶は社殿の右手の階段をあがっていった。建物の裏手に、石の柵《さく》に囲まれた一角がある。そこに苔《こけ》むした六角の石がある。

《こいつが言い伝えの石か》

ハッと千秋が身を乗り出した。

石は、言い伝え同様、血を流しているではないか！

《崇徳院の復活に呼応した……ってトコか》

千秋は軽く舌打《したう》ちした。高耶は神社の背後の山を見やり、

《この後ろが白峰だ。白峰御陵は稚児《ちご》ヶ嶽《たけ》の上にある。麓《ふもと》まで行ってみよう》

二人は移動した。高松坂出道路からすぐ脇に入ったところ、稚児ヶ嶽の麓に青海《おうみ》神社という社がある。そこが白峰御陵の真下にあたる。見上げると、目の前には切り立った断崖《だんがい》がある。鬱蒼とした緑の中に、岩肌が露出《ろしゅつ》している。絶壁からは、細い滝が白い布をかけたように落ちて、風にながれている。どこか凄絶《せいぜつ》な印象の幽谷《ゆうこく》だ。あれが稚児ヶ嶽だ。

あの上に崇徳陵がある。

《怖《こえ》ぇ場所だな》

と千秋が辺りを見回して言った。

《稚児ヶ嶽のことじゃねえ。この神社だ》

不気味な空気が滞留している。無理もない。
稚児ヶ嶽の麓にあたるここは、上で荼毘《だび》に付した煙が、風向きに逆らって都の方へ流れ、谷に落ちて一カ所に溜まったという曰《いわ》く付きの場所だ。
《別名・煙ノ宮。ここは崇徳院の怨念《おんねん》が溜まった場所。残留思念が溜まって今も澱《よど》んでる》
やけに羽虫が多い。さかんに飛び回って、まるでこの社への余所者《よそもの》の侵入から守ろうとしているかのようだ。
《実際守ってるんだ》
高耶は鳥居をくぐって、本殿のほうへと近づいていく。
《言い伝えでは、なびいてきた煙はここに渦を作り、渦の中から一個の玉が現れた、という》
《例の怨嗟《えんさ》玉か》
《ああ。煙ノ宮の怨珠《おんじゅ》とも呼ばれる。崇徳の怨嗟玉は、長くこの神社に納《おさ》められ、祀《まつ》られてきたが、明治《めいじ》天皇が京に白峯神宮をつくったとき、神体として京に移されたらしい》
高耶は稚児ヶ嶽を振り返った。
《その怨嗟玉が盗まれた。誰かが怨嗟玉を使って崇徳院の霊を凶悪化させている》
崇徳陵のあたりからは、真っ白な噴煙のように強い霊気が噴き上がっている。まるでそこで火山噴火が起きているかのようだ。
《その怨嗟玉は、今どこにあんだよ》

《わからない。いま、小太郎《こたろう》の配下の風魔《ふうま》忍軍《にんぐん》が調べてる。織田かもしれない》
ぴく、と千秋が顔をあげる。
《玉の在処《ありか》がわかれば、そいつを破壊することで、崇徳の暴走も止められるはずだ。だが見つからない以上、現地《ここ》で何とかするしかない》
《だったら、こんなとこで見ててもしょーがねえだろ》
千秋は果敢《かかん》だった。
《上にあがろうぜ》

*

山上の崇徳院陵の隣には、四国八十八カ所第八十一番札所・白峯寺《しろみねじ》がある。

死遍路たちの姿は、ない。四国を逆打ちして巡る死者たちは現在、今空海の誘導で、白峯寺を避けてまわっている。

白峰の山上からは、讃岐《さぬき》平野が見下ろせる。ポコポコとそこここから円錐《えんすい》形の山が飛び出す独特の景色だ。真下には、雄山《おやま》・雌山《めやま》と呼ばれる双子《ふたご》の山が、その向こうには雄大な瀬戸《せと》大橋が横たわる。やや南西に目を転じると、讃岐富士と呼ばれる飯野《いいの》山が秀麗《しゅうれい》な姿を見せている。

しかし眺《なが》めに感動している場合ではない。

上にあがるにつれて、キナ臭《くさ》くなってきた。霊体では、霊気を臭覚《きゅうかく》で感じることができる。硫化水素系の臭《にお》いに似ているところは、確かに火山を彷彿《ほうふつ》とする。
《このあたりが限界だな》
レストハウスの前で、千秋は足を止めた。
《おまえはともかく、俺はこのへんでストップだ。正気でなくなる》
《オレもここまでだな。これ以上近寄ると、怨念に呑《の》まれる》
山肌に爆裂火口ができたという感じだ。御陵の石柵や石段はとうに破壊され、地中から赤い炎のようなものが噴き上げている。まさにマグマだ。霊火山と言ってもいい。
《勢いが増してる。このままだと、亀裂《きれつ》が広がって、山が割れるぞ》
さしもの高耶も手の出しようがない。
どうにかして亀裂を防がねば、山崩れを起こしかねない。
《結界点のほうはどうだ》
《白峯寺にも被害が及んでる。かなりヤバイ。あと半日持つかどうか》
谷のこちら側に、たくさんの高耶の分身たちがいた。彼らには意志はない。祖谷《いや》のトラップ同様、ひたすら「役目」のみ果たす分身たちだ。〈裏四国〉の免疫《めんえき》機能が働きだしたということらしい。人体でいえばリンパ球といったところか。
青い炎をまとう、やや小振りな高耶たちがどんどん御陵に飛びこんでいく。千秋は半ば呆気《あっけ》

にとられて、それを眺め、
《「今空海」対「崇徳院」…てか。映画にもなんねーな》
と肩を竦《すく》めた。崇徳院よりも始末の悪いものを見てしまったという顔だ。
《だがあれでは手に負えなさそうだ。勢いがありすぎる》
なんとか崇徳院の霊魂とコンタクトしたいところだが、暴走が激しくてとてもまともにコミュニケーションできる状態ではない。
高耶もわかっているらしい。
《三点結界を張って、鎮霊法《ちんれいほう》を執《と》り行う。手伝ってくれ》
と告げると、稚児ヶ嶽のほうを見上げた。

＊

崇徳院が暴走しはじめたことに気づいたのは、実は高耶たちだけではなかった。現代人の中にも、四国結界の異常をいち早く察知した者がいる。

元〈黒の僧兵〉の晃焔《こうえん》だ。

今は『闘うハトの会』の過激派として血の気の多い若者の一団を率《ひき》いている。赤鯨衆《せきげいしゅう》の祖谷アジト襲撃を成功させ、次なる襲撃準備を進めていたところだった。

「ついに噴き出したな。四国結界の腫《は》れ物」

獣見阿闍梨《じゅうけんあじゃり》の直弟子であった晃焔は、四国結界のエキスパートだ。結界の弱点も、知り尽くしている。

「リーダー、次はどこの赤鯨衆を退治するんですか」

彼らはその後、祖谷から移動して金比羅宮《こんぴら》を拠点にしている。札所が死遍路のものとなった今、晃焔が今空海の目をかいくぐって四国結界の状況を探れるところは容易にはない。そんな中、この金比羅宮がある象頭山《ぞうず》はかつての修験場《しゅげんじょう》であったこともあり、今空海の盲点がところどころ散在するのだ。

過激派の若者達は皆、晃焔についてきた。「正義の名の下の破壊」という喜びを知ってしまった若者達は義勇軍気どりでうずうずしている。彼らの奇妙な興奮状態を醒ますように、連絡係の若者が晃焔を呼びに来た。若者は顔を強《こわ》ばらせている。

「リーダー。東京の阿藤《あとう》会長から電話です――……」

晃焔が途端に厄介《やっかい》そうな顔をする。迷彩服の若者たちもギクリと飛びあがった。

――ヤバイ、ばれた。

という顔だ。四国隊のリーダーである吉住《よしずみ》から、晃焔達の無断行動が東京の幹部に伝わったに違いない。ビクつく若者たちに反して、晃焔だけは平静なままだ。

「わかった出る」

と言って社務所に行き、電話を替わった。だが電話の内容は意外なものだった。

『セキゲイ宗の施設への攻撃。いいね！　よくやってくれた。じつに痛快だ』

なんと『闘うハトの会』会長・阿藤忍《しのぶ》は晃焔らの行動を褒《ほ》め称《たた》えたのだ。

『君たちの腕を買いたい。有志を募《つの》って、ハトの会に武闘班を設置する。その指揮を君にとってもらいたいと思うんだが、どうかな』

東京の某エリート大学の学生だという阿藤は、二十代の若者らしい張りのある声で言うのだ。『ハトの会』の発足を提唱したのも、この阿藤だ。やりとりはインターネット上のみだったので、晃焔はまだ一度も会ったことがない。

「我々の実力行使を公認するというのか」

『公認はしない。あくまで裏の実行部隊だ。セキゲイ宗を解散させるためには強引な手も必要だと僕は思う。もちろん協力は惜《お》しまない。兵隊は好きに使ってくれ』

思う存分やっていいということらしい。意外にも話のわかる男だった。

「私に任せると半端はしないぞ。仰木《おうぎ》高耶を見つけたら、殺すかもしれない」

『いいねいいね〜。その仰木高耶に、仲間がやられた』

「なんだと！」

受話器を握りつぶす勢いで、晃焔は怒鳴った。

「どういうことだ！　どこにいる！」

『那智勝浦《なちかつうら》で仰木高耶に遭遇《そうぐう》した会員が、発狂状態で見つかった』

発狂と聞いても、晃焔は驚かなかった。それに関してはさもありなん、という顔で受け止め、

「那智勝浦だと？　なら四国にはいないのか」

『いま仲間が全力で仰木高耶を探してる。なに。会員網は完璧だ。時間の問題さ』

「仰木高耶は常人では相手にならん。私が行く」

『え？　それは困るなあ。君は四国を指揮してくれ』

「仰木高耶は殺害するくらいの気持ちでなければ、その足を止められん。私でなければ駄目《だめ》なんだ！」

『君は仰木高耶を知っているのか？』

阿藤に問われて晃焔は詰まった。高野山《こうやさん》のことを明かせば、弘法《こうぼう》大師と四国結界の秘密も明るみにしなければならない。躊躇《ためら》った晃焔に、阿藤はリーダーらしい冷静さを見せて、

『なんだか因縁《いんねん》ありげだな。だけど君は四国の実力行使に専念してくれ。仰木高耶は僕らで見つけ出す。後は吉住と協議してくれ』

電話はそこで切れた。甘い、と晃焔は思った。そもそもが現代人の若者の手におえるような輩《やから》ではないのだ。

「四国に死霊《モノ》たちがのさばるのは許しがたいが、そうさせたのは仰木高耶だ。これ以上発狂者

を増やしたいのか！」

怒りに任せて晃焔は、受話器を電話に叩きつける。若者たちがおののいて、壁を殴りつける晃焔を恐々《こわごわ》取り巻いている。

（なんとか仰木高耶の足を止める方法はないか……ッ）

フッと晃焔が顔をあげた。そうだ。これならどうだ。仰木高耶を動けなくさせる方法。

（四国結界を逆に利用してやるというのはどうだ）

元〈黒の僧兵〉である晃焔は、高野山《こうやさん》の伝承にて、弘法大師が裂命星《れつみょうせい》の定着呪法を行った時のことを聴いている。その肉体ごと四国と同化し、四国で起こる出来事を全《すべ》て、高野山にいながらにして把握することができるようになったという空海。もしそれと同じことが仰木高耶の体にも起きているのだとしたら、

（仰木高耶を動けなくさせることも、あるいは可能かもしれん）

「リーダー……？」

「札所結界点を潰破《かいは》しよう」

晃焔は無感情に告げた。よもや結界の守護者であった自分が、結界点を潰《つぶ》しにかかろうとは彼自身思いもしなかった。だが今は迷いはない。どの道、四国結界は穢《けが》れた。盗まれたのだ。

（結界を逆手に利用して、仰木高耶の行動を封じる）

「そうだ。それしかない。仰木高耶が目の前にいなくても、これならばどこにいようとも奴を

仕留められるぞ！」

「その作戦、私も参加させてもらおう」

聞きなれぬ声が、参道のほうからあがった。金比羅宮の絵馬堂のほうから、法衣《ほうえ》姿の中年男が近づいてくる。やけに苦みばしった口元、笠の陰からは油脂《ゆし》にも似た炯眼《けいがん》が光っている。

『ハトの会』の者ではない。若者たちが「ヤバイ」と逃げ、不穏な気配を感じた晃焰は、すぐに身構えた。その僧侶が手首に念珠《ねんじゅ》を下げているのを見た。

（浄土宗《じょうど》の僧侶か？）

「君は誰だ」

「突然の無礼を許したまえ。赤鯨衆退治の志願者だ。君たちと同じく奴らを憎んでいる。実力行使に参加したい」

晃焰は眼を瞠《みは》った。何だか様子はおかしいが、ただならぬ力を持つ行者《ぎょうじゃ》だということが、彼の放つオーラからわかったのである。

「――……ありがたい。札所を破るには、行者の力が欲しかった」

この際宗派の違いにはこだわらない。

「象頭山の修験者《しゅげんじゃ》か？　名前は？」

問われて、行者は傘の縁《ふち》をツイとあげた。顔の右半分が赤く膨《ふく》れ上がった火傷《やけど》痕と縫合《ほうごう》痕で覆われている。その無惨《むざん》な有様に言いしれぬ迫力を感じて、ハトの会のメンバーたちは凍りついてしまう。不気味な顔の行者は低い濁声《だみごえ》でこう答えた。

「名は下間頼竜《しもずまらいりゅう》。赤鯨衆の潰滅《かいめつ》に、ぜひとも協力させてもらう」

＊

崇徳院の暴走は、夜が明けてから、ますます激しさを増しているようだ。分身高耶と千秋は崇徳院を封じ込める三角結界の準備を整えた。
稚児ケ嶽を中心に半径約一・五キロ以内を結界する。真東の中通路山《なかつぐろやま》から西南の神谷《かんだに》神社、北西の真元《さねもと》池の三点を結ぶ。三角の図形の中に崇徳院を封じ込もうという作戦だ。
《よし、準備は整ったぜ。そろそろ行くか》
中通路山の頂上に立つ千秋が、目標の二点を見下ろしておもむろに結界法を始めた。
《大金剛輪》
同時進行で、麓《ふもと》の神谷神社と真元池でも、結界法が進んでいる。神谷神社には高耶が、真元池には剣山《つるぎさん》から駆け付けた呪師《しゅし》長・百兼《ひゃつけん》がついた。
《オン・キリキリ・バザラ・バジリ・ホラ・マンダ・マンダ・ウン・ハッタ（杭《くい》を有し、杭を有せる、金剛の上にも金剛の大地よ。結縛せよ。結縛せよ。地中の垢穢《こうあい》を浄除摧破《さいは》せよ）》
《オン・サラサラ・バザラ・ハラキャラ・ウン・ハッタ（堅固に堅固なる金剛牆《しょう》よ》

三カ所に杭を打ち、綱で結んで、場を区切る。ここに強力な仏尊《ぶつそん》を呼び込んで、その力を以て崇徳院を押さえ込もうという考えだ。

《重結結界！　オン・シャウギャレイ・マカサンマエン・ソワカ――……！》

中通路山の頂上から、導火線を伝うように、一直線に青い炎が走る。炎は神谷神社に飛び込み、ひとつの大きな火柱となった。走る炎は止まらない。今度は神谷神社から真元池めがけて猛烈なスピードで駆けていく。真元池にも火柱があがり、炎はそのまま中通路山へと駆け上がっていく。三本の火柱が炎の綱で結ばれた。結界が完成した。

《オン・マカキャラヤ・ソワカ！》

ドーン、という音と共に白峰一帯が大きく揺れた。驚いた鳥たちが、五色台の方々から一斉《いっせい》に飛び立つ。地響きは瀬戸内海まで轟《とどろ》いた。

三角地帯が青い火を噴いた。仏尊《ぶつそん》が招請《しょうせい》されたのである。白峰御陵の真上に、青い炎が一体の仏の姿を成していく。

高耶たちが呼んだのは大黒天《だいこくてん》だった。といっても、その姿は一般に連想される「俵《たわら》の上に立ち朗《ほが》らかな微笑を湛《たた》える」福の神ではない。暴悪な憤怒《ふんぬ》体である。三眼三顔、六本の腕を持つ青色の大魔神、髑髏《どくろ》の首飾りをし、人間の髪や羊の角を摑《つか》んだ、見るも暴悪なおどろおどろしい姿だ。これが密教仏・大黒天の様態だ。

もともと恐ろしい仏なのである。この仏と取り引きする者は、人の血肉を差し出さねばならなかった。穏和《おんわ》な福の神になったのは、日本に入ってきてからのことだった。
《大黒天の力をもって、崇徳院を降伏させる。暴走を食い止める、てか》
中通路山から見下ろす千秋のもとには、いつのまにか高耶がいる。仏を呼ぶのは、分身にはできない。だから霊魂のある千秋が必要だったのだ。
《……でも、ちょっとヤバめだな》
千秋の表情が硬い。押さえこまれたかに見えた崇徳院の霊だったが、三角結界が嫌な軋《きし》みを発している。
《あれじゃあ持ちこたえられっか、わかんねーぞ》
高耶も押し黙って、木々の間から状況を見つめている。青い炎の中で、マグマが暴れている。崇徳院と大黒天が格闘しているのだ。
《大丈夫。四国結界の力を白峰に集めているところだ。場を強化すれば抑え込める》
高耶は冷静だ。
千秋も醒めた目で高耶を見、
《だが相手は天皇霊だぜ?》
ただの怨霊、では済まないのだ。
むろん天皇個人は他者と変わることはない。天皇は神ではない。ただ国家というものに大きく関わる立場にあったというだけだ。

政争で敗れて追われた者の霊を、都の人間が恐れるのは、生きている人間の後ろ暗さによるところが大きい。為政者《いせいしゃ》は世の乱れを、よく敗者の怨恨《えんこん》と結びつけた。特に高い地位にあった者ほど、強力な怨霊になると考えられていたのだ。

実際はそうでもない。悲惨な死に方をした人間に、天皇も庶民もない。

ただ国家経営に携《たずさ》わった者は、恨《うら》みも国家にぶつけてくると考えられていただけだ。

だが天皇霊が特別視されるのは、それだけではない。例《たと》えば三種の神器《じんぎ》の継承《けいしょう》。それは天孫《てんそん》の証《あかし》であるというだけではなく、宮中で行われる古代からの様々な鎮護《ちんご》国家呪法の新たな主になるという意味もある。天皇という地位につくことは、神武《じんむ》呪法を始めとする鎮護国家のための様々な巨大呪詛《じゅそ》を代々受け継ぐ体になるということなのだ。

一旦《いったん》そうなった肉体は、天皇の地位を退いても「咒《しゅ》」が落ちない。そういう者が怨霊になると、呪詛《じゅそ》力も半端ではなくなるのだ。天皇霊は、鎮護国家のため背負った呪力をそのまま怨念に転換できると考えられていた。

《しかも崇徳院は、一説では暗殺されたと言われてる》

病死ではない。宮中の者から放たれた刺客《しかく》に殺されたとも言われる。讃岐府中の柳田という所は、崇徳院が殺された場所として今も石碑が建っている。

《暗殺された天皇霊。しかも生前、大魔縁《だいまえん》になって国家転覆《てんぷく》を果たすと誓ってた男だ。大乗経の功徳《くどく》をまるごと負のエネルギーに転換してやるってな》

そのパワーは、猛烈なものだ。死後何百年を経ても、世の中の騒擾《そうじよう》は全て崇徳院のせいだ、とされるほどだ。
《毒は、早々にえぐり出すぐらいしねーと、ヤバイんじゃねーのか》
《調伏しろっていうのか》
《ああ。だが通常の調伏じゃ駄目だ。結界調伏以上じゃねーと、歯がたたねー。そいつができるおめーも今じゃ、このザマだ。直江《なおえ》と晴家《はるいえ》も力を合わせてみたところで、たかが知れてる。あとは上杉の手を借りるしかねえ》
《まさか……色部《いろべ》さんに》
高耶は見るからに動揺した。
《無理だ》
《とっつぁんのレベルじゃ結界調伏はムリだ。だがあの人はドえらい力の起爆ボタン握ってるはず……だろ？》
高耶は驚いた。――……謙信《けんしん》公のことを言ってるのか……？
謙信公が自《みずか》らの霊魂《れいこん》をすべて調伏エネルギーに変換した、そのことを言っているのか？
《どこでそれを知った。直江は唐人駄場《とうじんだば》以来、おまえとは会ってないはずだ》
《死遍路たちが全国から噂持ってくんだよ》
千秋はうそぶくように言う。

《謙信が北条の御曹司《ほうじようおんぞうし》を大将からおろした理由は、その起爆装置とやらのスイッチをおめーに預けるわけにいかなかったから、てな》
グッと目に力を込めて、高耶は千秋を睨み付けた。
《なんなら上杉を屈服させて、崇徳院を退治させるって手もあるぜ、元大将》
《馬鹿なこと言――……ッ》
突然、高耶が身体を硬直させた。ブルブルと震え始めたかと思うと、やがて体をくの字に折り曲げてしまう。千秋が異変に気づいた。みるみる真っ青になっていく高耶の顔を見て、千秋は思わず声をかけた。
《オイ、どうした》
高耶の様子がおかしい。ろくに外気温も感じないはずの額にみるみる脂汗《あぶらあせ》が滲《にじ》んできて、とうとう堪えきれずにしゃがみこみそうになるのを、千秋が正面から支えた。
《オイ！　景虎、どうした！》
《――おか……しい……》
と分身高耶はうまく言葉を紡ぐことができない口で呻《うめ》いた。
《から……だが……》
千秋には何が起こっているのか、まったくわからない。分身高耶の姿が乱れ始めた。妨害電波にでもやられるように、苦悶に耐える高耶の姿が崩れ、どんどん薄くなっていく。

く。

《おい景虎！》

地面が再び大きく揺れたのはその時だった。振り返ると、大黒天の炎が異様な形で割れていく。千秋は目を剝《む》いた。溶岩ドームのように地中から赤々としたマグマがぐんぐん育っていく。

（ヤバイ……ッ）

崇徳院の霊はやはりこの程度で押さえられる代物《しろもの》ではなかったらしい。三角結界を突き破る勢いだ。いや、このままでは間違いなく破られる。

（こいつァとんでもねえ、悪性ガンだったかもしんねえぞ）

千秋は事態の危険度に今ようやく気づいたようだった。だがこれが四国を最悪の窮地《きゅうち》に陥《おとし》いれる序章になろうとは。千秋も高耶も——この時点では誰も、知る由《よし》はなかった。

＊

一方、那智勝浦の直江たちの元に高耶が到着したのは、四国で千秋たちが動き出した明け方のことだった。見知らぬ男に肩を支えられて車から下りてきた高耶に、到着を今か今かと待ち受けていた直江が駆け寄った。

「どうしたんですか、その脚《あし》は！」

ズボンは左腿《もも》のあたりから血に染まっていて、今も止まっていないらしい。高耶の顔は貧血で紙のように白くなっている。

「このままでは失血死に至る。今すぐ輸血の準備を」

と緊迫《きんぱく》した口調で言ったのは高耶を抱えていた男だ。直江の知らない顔である。体つきの引き締まった今時サーファー風の若者だ。

「君は誰だ」

「小太郎だ、直江」

朦朧《もうろう》とした目で高耶が答えた。直江は思わず呆然《ぼうぜん》となったが、小太郎は相変わらず無表情のままで高耶をロビーのソファにおろした。憑依《ひょうい》替えしたのだと理解した直江は、否応《いやおう》にも警戒心をよみがえらせた。動物であったときでさえ油断のできない男だった。人間に戻れば、言葉を使える分、尚更《なおさら》気を許せない。だが高耶はそんな直江にわざと気づかないふりをして、止血帯を締め直し、

「白峯寺の崇徳上皇の霊が暴走してる。でも大丈夫だ。千秋と三角結界を張って蓋《ふた》をする。血は間もなく止まるはずだ」

「仰木隊長！」

久富木《くぶき》から高耶帰還の知らせを聞いて、兵頭《ひょうどう》と隆也《たかや》もロビーに下りてきた。高耶は、兵頭の顔を見るなり冷ややかに言い放った。

「とんだ失態やらかしたそうだな。兵頭……」

「申し訳ありません。次の作戦で必ず取り返します」

「当然だ。倍以上の働きをしてもらう。直江、清正《きよまさ》達はどこに？」

「光秀《みつひで》達と那智の滝の偵察に行っています。晴家は病院に」

「そうか……」

と答えた高耶が立ち上がろうとしたが、グラリと前のめりに倒れてしまう。受け止めたのは直江だ。直江の胸に一瞬顔を埋め、高耶は束の間安堵《あんど》した表情を見せた。

「すぐに病院へ行きましょう」

「病院はいい。鉄剤を飲んで済ませる。それより状況を知りたい」

「高耶さん……」

礼《れい》を連れ去られたと聞いて気が気ではないのだろう。

直江は了解した。隆也を振り返った。

「すまない。部屋を空けてくれ。浴衣と消毒液、それと滅菌《めっきん》ガーゼの用意を」

わかった、と言って隆也が慌《あわ》ただしく走り出す。

そんな高耶たちをエレベーターの側から高坂弾正《こうさかだんじょう》が見守っている。

＊

明け方の部屋には、六人の男が集まった。浴衣に着換え、ベッドに座って左腿に包帯を巻かれているのは高耶だ。その傍《かたわ》らには直江がいて、那智山周辺の地図をシーツの上に広げている。もうひとつのベッドには久富木と隆也が座り、椅子には兵頭が座って足を組んでいる。壁に凭《もた》れて見守るのは小太郎だ。

「……わかった。それでいい。作戦を承認する。決行は四国からの応援部隊が着く今日午後以降。火器の準備を急いでくれ」

淀《よど》みなく情報を処理していく高耶の姿を、隆也はア然と見つめている。礼を救出しようとしているのはわかるが、具体的に何が始まるのかも、よく把握《はあく》していない隆也だ。

(こいつら、自衛隊かよ)

飛び交う語句を聞いていると、まるで戦争でもおっぱじめようとしているかのようだ。

(何者なんだよ。こいつら)

「結界を破る以外は許可なく火器は使うな。なにを置いても礼の安全最優先だ。鳥越《とりごえ》」

いきなり名を呼ばれて、隆也は飛びあがった。

「おまえも作戦に参加するのか」

「も……もちろん」

「だったら半人前扱いはしない。礼の保護はおまえが責任を持ってしろ。作戦行動中はおまえはオレの直属だ。ちゃんと遅れずについてこい。いいな」

隆也は驚いた。高耶は現代人の隆也もすでに仲間と認めているようだ。赤鯨衆という団体は、死者の集団だと聞いたが、必ずしも入隊者は死亡経験者でもなくていいらしい。

「おまえは居所をなくした人間だ。立派に赤鯨衆の入隊資格がある」

と高耶に言われて隆也は呆然とした。兵頭や久富木達も「えっ」という顔で注目した。

「ほほ本気ですか。隊長。しかし浦戸の承認が」

「承認なんか必要ない。オレを入れたんだ。こいつが入ってもおかしくねーだろ」

考えてみれば、そもそも現代人第一号は高耶だった。妙に初心に返ってしまった。

(はねっかえりは健在、か)

「そう。作戦前に皆に伝えることがある。例の金色の雨だ。発生源が判明した」

真っ先に反応したのは兵頭だ。

「本当ですか!」

「伊勢《いせ》神宮だ」

高耶は短い言葉で告げた。

「小太郎の風魔忍軍によると、ヒルコを祭神に禁忌《きんき》大法を行っている輩《やから》がいる」

伊勢神宮と聞いて、隆也を除く全員が、即座に織田と結びつけた。

「それではやはり、首謀者は——」

「重野《しげの》カオルと信長が本当に同一人物かどうかは、まだ確認がとれていない。だが両者が繋がっていることは、これで明白になった。いずれにせよ、高天原《たかまがはら》への抵抗民と信長の意図が、何らかのところで合致したに違いない」

神武呪法の人柱にされた大斎原《おおゆのはら》の大霊たちの復讐《ふくしゅう》を担ったであろうカオル。《闇戦国《やみせんごく》》が生まれた理由がそこにあるとしたら、信長はどういう形で関わっていたのか。どちらが主導者であったのか。疑問は次から次へと溢《あふ》れるが、追及はこの際後回しだ。

「日本国中の社から神々が消滅する前に、禁忌大法を中断させねばならない。四国結界の〈気道〉を開いて、伊勢神宮に〈裏四国〉の呪詛《じゅそ》を撃ち込む」

「！」

高耶の決断に、全員が息を呑《の》んだ。

「本気なのですか」

「熊野《くまの》が燃えるという予言を現実にするわけにいかない。神璽《しんじ》の烏《からす》が全滅する前に、雨を止める。準備が調い次第、伊勢神宮を呪詛攻撃する」

直江も小太郎も兵頭達も絶句している。

「高耶さん……」

高耶は覚悟を決めたらしい。厳しい表情で宙を睨《にら》み付けている。

＊

那智勝浦の夜は、白々と明けようとしていた。

隆也と兵頭たちはそれぞれの部屋に戻り、明日の奪還作戦に備えることになった。高耶の部屋には直江ひとりが残っている。

「鉄剤は急に飲むと、気分が悪くなることもありますから、ムリをしないよう」

ベッドには貧血状態の高耶が横たわっている。まだ顔色がすぐれない。直江はベッドの端に座って、錠剤《じょうざい》と冷水を高耶に渡した。

「私はAB型なので、O型のあなたには輸血できません。悔しいですね。こんなことになるなら、次に換生《かんしょう》する時は、あなたと同じ血液型の肉体を選びます」

高耶は黙って錠剤を喉《のど》に流し込んだ。四国の異変がダイレクトに高耶の体に影響を及ぼすことは、こんな形で命の危険に直結してしまう。苦々しさを嚙《か》みしめながら、直江は蒼白《あおじろ》い高耶の顔を見つめていた。高耶は冷水入りのコップを見つめたまま、何か考え込んでいる。

「〈気道〉上の住民には避難を呼びかけると言いましたね。でもどうやってするんです。電波ジャックでもしてテレビ出演でもしてみますか」

「……………。高野山に協力を請《こ》うてみる」

「〝あなたが〟ですか」

高耶は考え込んでしまう。

「〈裏四国〉の呪力発動は最終手段にするべきです。もう一度石上《いそのかみ》神宮に行かせてください。神々を戻すことができれば、神璽《しんじ》も元通りになるはずです」

「駄目だ。時間がない。それに戻しても、また雨にやられれば元の木阿弥《もくあみ》だ」

「ならば伊勢神宮を襲撃します。四国呪法を使うのはあまりにも危険です」

高耶と直江の意見は真っ向から対立している。

「確かに神璽の烏は幾《いく》らも残っていません。ですが、金色の雨の大本《おおもと》がわかったんです。こんな前のめりのやり方以外にも方策はあるでしょう。何をそんなに焦《あせ》っているんです」

「焦ってなんかいねえ。着実な方法を言ってるだけだ」

「一般市民を巻き込むと承知でですか」

まともに反論することもできず高耶は直江を睨《にら》み付けている。

「冷静になってください。時間稼ぎができれば、この事態は回避できます。重野カオルが事を急ぐのは、自分の寿命《じゅみょう》が迫っていると知っているからかもしれません。トオルさんのように」

那智の者の宿命だ。肉体が、ある時期になる急激に老化して、死に至る。別の言い方をすれば、時間稼《かせ》ぎさえできれば、カオルはこちらが手を下さずとも、先に死ぬということだ。

「だから布都御魂《ふつのみたま》で延命しなければならないのかもしれない」

「トオルとの年齢差を考えれば、まだ二年はある」

「私は承服できません。あなた一人の一存で四国呪法の力は使うべきではない。独断は独裁に繋がります。勘違いをしてはいけません。四国の力はあなたの力じゃないんですよ」

「浦戸《うらど》に承認はとる」

「死者の一存だけではさせられないと言っているんです。現代人を巻き込むのを呑めば、信長と同じになってしまう」

「おまえは黙って従えばいいんだ！」

驚いた直江が目を見開いた。高耶は怒りを身一杯に孕《はら》ませて、こちらを睨み付けている。直江はだが、一歩も引かなかった。

「恫喝《どうかつ》で人を押さえ込むなんて！　そんな横暴な言葉は……──ッ」

フッと直江が我に返った。高耶の腕が小刻みに震えているのに気づいたのだ。

どうしたのか、と思って直江が触れようとした途端、小さな火花が指先を拒絶した。

直江が目を見開く。眼鏡の奥の高耶の赤い瞳がこちらを見ている。

「高耶さ……っ」

奇妙な眼差《まなざ》しだった。四百年間ともに生きてきても、ついぞ見たことがない。奇異で不思議な瞳を高耶はしている。

白痴の者の無垢《むく》さのような、
未来の全《すべ》てを見通してしまった預言者のような。

「高耶……さん……？」

――ピリオドに向かっていくしかねえんだよ。

――あと半年だ。

見たこともない高耶の眼の表情から、直江は何とは知らず察するものがあったのだろう。高耶の背を引き寄せ、右手で強引に顎を捉えた。邪眼《じゃがん》のトラウマも忘れて、高耶も磁石《じしゃく》にひきつけられたように直江を見つめた。直江はふいに、十字架の上から見下ろすキリスト像の眼差しを思い出した。信徒を見下ろす双眸《そうぼう》は、悲壮な微笑を湛《たた》えていた。

（来ているのか）

背筋に冷たいものが伝った。

（その時が――来ているのか）

「まだだ」

直江の心を読んだように、高耶が言った。

「まだだ、直江。まだ何も見えない」

「………」

「ここは深い草むらの中かも知れないが、まだ断崖《だんがい》じゃない」

「高耶さん……」

「次の一歩を躊躇《ためら》うな。躊躇ったとき、オレたちは終わる」

直江は息をつめて高耶を見た。——…なんて強さだ。

死の足音を聞きながら、まだそういう言葉が出てくるのか。

「……」

奥歯を一度強く嚙《か》みしめた直江が、堪えきれなくなったように、高耶をかき抱いた。高耶が驚くと、直江は痛みをかみ殺すような眼をして、

「もういい……。あなたが強すぎると、俺は鬼になることもできなくなる！」

「直江……ッ」

出しかけた言葉も、直江の唇に覆《おお》われてしまう。全体重を乗せてくる口づけにおされて、上半身を支えきれず、高耶の背中が後ろに倒れてしまう。吸い上げられる唇が大きな音をたてる。潜り込んできた舌が上顎《うわあご》の裏歯茎《はぐき》をまさぐる。直江の唇から逃れようと、僅《わず》かに唇を外し、

「今はこんなことする…時じゃ……」

言いかけたが、顎の下から押し上げられるように舌を当てられ、何も喋《しゃべ》れなくなった。言葉よりも能弁な直江の手が膝《ひざ》を押し開く。淀みない直江の動きに、自分でも驚くほど容易に陥落を許した高耶は、貧血のぼんやりした意識で、心にかけた留め金を自《みずか》らはずし、身をまかせるように直江の体を受け入れた。

「……くれよ……」

声にすると、いよいよ切実な気持ちになってくる。

「くれよ、直江――……」

身を包むものが取り除かれると、抑圧から解放された欲望はたちまち加速していく。

「足りねえよ……っ」

赤く熟《う》れた瞳を見開いて、高耶が声を上げた。

「全然足りねえよ！　いいからこの胸、裂いちまえよ。潜り込んでこいよ。臓腑《はらわた》かきわけて、心臓、その手でじかに鷲掴《わしづか》みしてみろよ！」

「高耶さん……ッ」

「そうじゃねえだろ……っ。もう何もかも足りねえんだよ！　もっと触れよ、指突っ込めよ！　ここにあんだろ、魂ここにあんだろ！　じかに触れてみろよ。触れてくれよ！　その手で掴みだせよ、ほら！　もっと犯せよ、ぐちゃぐちゃにしろよ。こーゆー風に！」

狂ってしまったかと思うほど目を見開いて、高耶が奇妙な笑顔で叫ぶ。

「なにやってんだよ……もう肌だけじゃ足んねえだろ。ミルク搾《しぼ》り出せよ。心臓揉《も》みしだけよ。陰嚢《いんのう》握るみてえにグイグイやれよ。いつもみてえに思う様口で吸えよ、アレが溢れてとまらねえくらい！　死ぬほどやらしく、おまえならできんだろ！」

高耶がキレた。そうとしか思えない。直江が目を剝いて高耶の顎を摑む。高耶はのけぞったまま、手を伸ばして脱ぎ捨てた服の中のサバイバルナイフを摑みあげた。

「そうだ……こいつだ、直江……。こいつで胸を割るんだよ。心臓が出てくるだろ、そいつを揉《も》めよ。揉みしだけよ。オレの最後のイイトコなんだよ、それができたらおまえの思うままになってやるよ！」

「気が狂ってる……ッ」

「狂うわけねえだろが、頭なんか、おまえに会った時からとっくにイカレてんだよ。見ろよ、おまえが欲しくてヒクついてやがる、おまえとヤリてえんだよ、早く突き立てろよ、さあ！」

逆手に握ったナイフを自分の胸に降り下ろそうとする高耶の手首を直江が握った。

「そんなに欲しいなら、今すぐ外に連れ出して、衆目の中でやってやる」

「やれよ。口ばっかじゃなくて、本当にヤれよ。奴らの前でイカせてくれよ。キレイじゃねえとこ見せてやれよ。今空海犯せるのなんか、おまえしかいねえんだからよォ！」

「あなたはどうなってしまったんだ！」

直江が絶叫して抱きすくめる。高耶は目を見開いたまま「神様」と呻《うめ》いた。

オレは終わるのが怖いんじゃない。おまえをこの途方もない時間の中に、独《ひと》り置いていくのが怖い。オレは正気だ。おまえの孤独を思うとき、その底無しさに気が狂うだけ。

(永劫《えいごう》の孤独だ)

本当の暗闇が待つのは自分じゃない。おまえだ。取り残されていくおまえのほうだ。オレは消滅《きえ》ても、おまえは残る。おまえのその恐怖が消えない限り、オレは消えていくこともできないじゃないか。消えることもできないじゃないか。

永遠の誓いは見届けられない、とオレはどこかで知ってしまっている。おまえが負うべき永劫の孤独を思えば、オレはおまえを赦《ゆる》すべきではないのか。誰か違う人間を愛していくことも。誓いが破られることも、オレは赦してやるべきじゃないのか。

(消えてしまうオレは、赦してやるべきじゃないのか)

やめろ！

この男はオレだけのものだ。

未来永劫――オレ以上におまえに執着する人間はいない。いるわけがない。

この男の孤独を埋《う》められる者はいない。いてたまるものか！

「――オレを……食えよ、直江」

全裸になって抱きしめ返したまま、高耶は譫言《うわごと》のように呟いた。

オレの全てがおまえの血肉に染み込むように。

オレの全てをおまえの中に移し込むように。

オレが死んだら、火葬も土葬もしては駄目だ。全部食え。喰ってくれ。

(狂っちまう――……)

高耶の腕が強く抱きしめた、その時だった。

不意に直江の動きが止まった。不自然な停止だった。高く膝《ひざ》を折り曲げて、体の深部まで掘られるのを覚悟した高耶も、異変を感じて目を見開いた。

「直江……？」

どうしたことだろう、というように直江が奇妙な感じで視線を泳がせた。やがて事態を察したのだろう。そのまま呆然となってしまった直江の眼に、わずかに苦い微笑が漂った。

「直江」

「――……俺のからだも……そろそろ限界がみえてきたようだ」

屈辱《くつじょく》を堪《こら》えるように俯《うつむ》いて微笑する。どういう意味かわからないでいる高耶の手を、直江は自らの下腹部に導いた。握らされたものの感触で、高耶はそれを悟った。

「……おまえ……っ」

「そろそろ次の換生《かんしょう》を考えねばならない時のようです」

目を伏せて、強がるように言うが、唇が目に見えて強《こわ》ばっている。

直江の男性機能が著《いちじる》しく低下している。

高耶の毒を受け続けた結果だ。直江の肉体は癌《がん》を発生してもおかしくないほどに汚染されていた。体内に直接もぐりこむそこは言うまでもない。覚悟はできていたが――。

(この分では、他もいずれ……)

絶望感が胸に広がるのを感じながら、高耶は呆然と直江のそれを掌《てのひら》で包んだ。掌《てのひら》でこすってみた。いっこうにこたえない腰間の自分自身に、直江が歯を食いしばる。口中に含んだ。高耶はあきらめなかった。だがそうされればされるほど、つらいのは直江だ。

「高耶さん……ッ」

熱い吐息を噛み殺し、直江がたまらず高耶を引き剝がした。途端に高耶が、直江の首の後ろに腕をまわして抱き寄せた。

「四国に行け」

驚く直江の耳元に、高耶が告げる。

「その時が来たら四国に行け。四国なら、もうこれ以上換生なんてしないで済む。肉体がなくても——……」

「いいえ、私には肉体が必要です」

高耶の身体を少しだけ離して、その眼を覗き込んだ。

「あなたから毒を取り除けるのは私だけです。肉体が要る」

オレはもういい——。

そう言おうとしたが、言葉を紡《つむ》げなかった。オスの矜持《きょうじ》にダメージを負って、なお直江は冷静だった。冷静であろうと努めた。

「……。それに今は、あなたのアキレス腱《けん》を切ろうとする存在が多すぎる。私はあなたのドーベルマンです。主人の命令がなくても、敵に食らいつくのが私の本能です」

異様な覚悟を直江に感じた。

「これだけは、あなたにも止められません」

「直江……」

だしぬけにドアを叩く音がした。

ドンドンドン、と時間も考えずに乱暴に叩きまくる。誰だ、と思ってふたりはすぐさま身を起こした。直江が素早い動作で衣服を整え、引き出しの拳銃を摑《つか》んで、ドアに近づいていく。

ドアホールを覗いた直江がハッとした顔をして、すぐに鍵を開けた。

乱暴に開いたドアの向こうから飛び込んできたのは、若い女だった。

「晴家……ッ」

綾子《あやこ》だった。

手術直後でまだとても動けないはずの綾子がそこにいた。

高耶帰還の知らせを受けて、いてもたってもいられず、病院を飛び出してきたらしい。まだ痛む脇腹の傷口を押さえて脂汗を浮かせながら、綾子は息を切らしている。視線の先には、高耶がいる。

高耶は真っ直ぐに見つめ返してくる。

綾子は数瞬、立ち尽くした。

「……再会できたら、あれも言おうこれも言おうと思ってたけど……」

たちまち胸がいっぱいになってきた。

言葉が出てこない。

「――景虎……！」

堪えきれなくなった綾子が堰《せき》を切ったように駆け寄ってきて、高耶に縋《すが》り付いた。崩れるようにに膝をついてしまう綾子を、高耶は抱き返す。

「晴家……」

綾子はもう何も言えずに、高耶の膝の上で嗚咽《おえつ》を漏《も》らし続ける。

高耶はなす術もなく、詫びるようにその頭を撫《な》でた。

明るくなり始めた窓の外から、鳥の声が響いている。町の向こうに横たわる那智の海には、静かな黎明《れいめい》が広がっていく。

第二十五章　維盛は甦《よみがえ》る

さとこ……。

どうして僕は、この子を「さとこ」って呼んだんだろう。

死返《まかるかえ》りした平維盛《たいらのこれもり》の肉体に入ってからというもの、司《つかさ》の精神状態は最悪だった。目覚めた当初は、維盛の記憶が怒濤《どとう》の如《ごと》く流れ込んできて、のたうちまわった。どうにか発狂寸前の状態からは脱したが——。まだ混乱しつづけている。

那智《なち》の滝はその後、丹敷戸畔《ニシキトベ》の霊によって、占拠《せんきよ》されている。強力な何重もの結界《けつかい》が那智山に巡らされた。丹敷戸畔結界は、ただの結界ではない。熊野《くまの》の豪族だった丹敷戸畔は、豊かな鉱物資源に支えられて栄えた一族で、採掘と精製のエキスパートでもあった。鉱物を知り尽くす丹敷戸畔は、物質の融解《ゆうかい》・凝固《ぎようこ》を司《つかさど》り、様々な鉱物から特性の違う霊力を抽出《ちゆうしゆつ》できる丹敷戸畔呪法《じゆほう》を完成させたという。

滝前広場を埋める岩は、奇怪に溶《と》けてねじ曲がり、合わさって、異様な砦《とりで》を築いている。

那智の滝は、丹敷戸畔の合体霊の依代《よりしろ》となった。

(神が誕生したのだ)

飛瀧《ひろう》神社に司はいた。

直江《なおえ》達を退けた後、かろうじて倒壊をまぬがれた手前の社務所に、礼《れい》を寝かしつけていた。

(目を醒まさない……)

ひどい消耗《しょうもう》だった。

今は昏睡《こんすい》状態だ。高倉下《たかくらじ》、那智の十二柱、そして千手観音《せんじゅかんのん》――。立て続けにこれほどの神仏を招請《しょうせい》して、力を使い果たさない方がおかしい。

(この子は「れい」と呼ばれてた)

さとこ、ではない。さとこ、とは誰のことなのだろう、あれは。

(維盛の記憶か?)

司は自分の手を見た。成人の肉体の手はゴツゴツしている。立ち上がると視界がぐんと高くなって驚いた。前の体の感覚で足を動かすと、カクリと転んでしまう。下手にあがかず、肉体に染みついている感覚に任せるコツを覚えたら、ようやくスムーズに動けるようになった。

(僕はもう平維盛なんだ――……)

維盛の一生が、「思い出せる」。

幼い頃の素朴《そぼく》な出来事、平清盛《きよもり》の嫡孫《ちゃくそん》として厳《きび》しく大事に育てられた。平家《へいけ》一門を担《にな》う若武者として雄々しく立った青年時代、桜梅少将と呼ばれた都《みやこ》での風雅《ふうが》な日々、そして挫折の始まり。富士川《ふじかわ》の合戦《かっせん》での敗走。リベンジを果たした尾張墨俣川《おわりすのまた》の戦、めざましい昇進、越中砺波《えっちゅうとなみ》山にて木曽義仲《きそよしなか》に敗れ、平家の斜陽《しゃよう》を見、都落ちしていく屈辱《くつじょく》、妻子との別れ……。

だが、司は波瀾万丈《はらんばんじょう》の人生とは違うところに心を奪われていた。

十三歳の司は、家庭も家族も知らない。物心ついた時には天涯孤独《てんがいこどく》の身だった。カオルの部下だという「ニシキトベの末裔《まつえい》」なる人々が自分を育ててくれた。だから司は維盛が羨《うらや》ましい。

でも肉親だからこその確執もある。屋島《やしま》を離れた維盛。妻子への情、偉大なる祖父・清盛の期待、父・重盛《しげもり》との確執、どれも濃い。とても濃い感情に満ちあふれている。

(みなしごの僕はまるで根無し草だ)

礼はカオルの実の娘だという。

その血の繋《つな》がりが、どこか羨《うらや》ましい。

(僕もカオル様の本当の子供だったらよかったのにな)

子への愛情を、維盛の記憶が教えてくれる。きっとカオルも礼を愛するに違いない。なんだか嫉妬《しっと》してしまいそうになる。いいや、

(血が繋がらなくても、僕はカオル様の子だ。僕はこの子の兄として、しっかり守ろう)

司は外に出てみた。那智の滝には神気《しんき》が満ちている。

振り返って、参道を見上げる。大きな杉林が群れを成してそびえたつ。長い石段は先刻の鉄砲水を受けて、ところどころ壊れてしまった。

那智の滝に来たのはこれが最初だとばかり思いこんでいたが、どういうわけか景色に見覚えがある。懐かしい場所だ。浮かんできたのは祭りの光景だ。大きな松明《たいまつ》をしょった白装束《しろしょうぞく》に黒烏帽子《えぼし》の男たち、日の丸扇をたくさんつけた赤い垂れ幕、なんだろう。この記憶。維盛のか、と思ったがそうではない。

カメラを構える人が斜面に大勢いた。隣には自分よりやや年上の少年がいた。その後ろには大人の男の人と女の人とだっこされた小さな女の子……、そうだ。この場所だ。あの滝をバックに、たくさんの扇御輿《みこし》が立てられた。

大きな松明の炎が滝のほうから石段をあがっていく。

ハリヤ、ハリヤという掛け声とともに松明が扇御輿の周《まわ》りを乱舞する。

赤い縁取《ふちど》りの黄色い炎がたくさん、たくさんあがってく。すごい熱気。

――ごらん、×××。あの白い人たちは八咫烏《やたがらす》の子孫と呼ばれているんだよ。

肌を焼く炎の熱気に興奮する自分に、後ろから男の人が語りかけてきた。

――あの炎は那智の神々の命なんだ。私たちはこの那智を守るために生まれてきたんだよ。

男の人は後ろから肩を抱いて言った。

――いいかい、×××。おまえは誰よりもこの那智を守らねばならない。何があっても、怨《うら》んではいけないよ。憎んではいけないよ。人の愚《おろ》かさを赦《ゆる》して愛を与える人になりなさい。

松明の熱を和らげるように、滝から霧が流れてきた。

――那智の滝はおまえの守り神だ、×××。慈《いつく》しみを忘れそうになった時は、いつでもここにおいで。おまえは独《ひと》りじゃない。

肩におかれた手の熱さがまざまざと甦《よみがえ》り、司は呆然となった。

温かい大きな手だった。

(あの男の人は誰だったんだろう……)

なんだ、この記憶は。

カオル様じゃない。そばにいた少年や優しい顔した女の人……。

あの人達は誰?

どうして一緒にいたのだろう。

(第一、僕は以前にもここに来たことがあったのか?)

「ツカサ様! ツカサ様でございますか」

参道のほうから駆け下りてくる女の姿に、司は我に返った。

熊野タタラ衆と呼ばれる憑依霊《ひょういれい》だ。高耶《たかや》たちと本宮《ほんぐう》大社で戦ったひとりである。「熊野の産鉄集団」ニシキトベの末裔だ。デニムパンツの腰に、鉄で出来た輪っかをじゃらじゃら下げている。その女の名は霞美《かすみ》といい、司の乳母《うば》にあたる女だった。

「まあ、なんて立派なお姿になって。維盛公はたいそうな美丈夫《びじょうふ》とお聞きいたしておりましたが、言い伝えの通り。霞美は嬉《うれ》しゅうございます」

「やっと来たね。みんなは？」

「間もなく到着します。……ああ、これは」

と嘆息を漏《も》らして、霞美は滝を見上げた。大瀑布《ばくふ》に巨大な人の姿が浮かびあがっている。

「美しい……これが私たちの祖先《かみ》なのですね」

「そうだよ、霞美。これからはずっとここで見守ってくださるよ」

霞美の目からポロポロと涙がこぼれおちてくる。うれし涙のようだった。

「だって、砂羅《じゃら》の天狗《てんぐ》と忌《い》まれた私たちに、こんな立派な神様ができるなんて」

霞美たちは今から五百年ほど前に生きたタタラ師だ。タタラ師とは製鉄を生業《なりわい》とする人々のことだ。熊野には豊富な鉱物資源がある。それらを採掘し、精錬するのが彼らの仕事だ。一種の治外法権が与えられ、地元の人間とは異質の存在とされていた。

産鉄民が「天狗」と呼ばれたのにはわけがある。

それは彼らが「死体盗み」をするからだ。

近在の村人は、人死が出ると、墓までの葬列は皆、大急ぎだったという。途中で死体を盗まれるからだ。死体を担《かつ》いで駆けたという。「天狗」に盗まれないために。

「霞美達はどうして死体を盗んだの？」

「タタラに必要だったのです。鉄の流れが悪うなると、死体を炉に放り込むと、具合がようなるからです」

一説では骨のカルシウムが鉄の融点を下げるともいう。まじないのためだと村人は思っていたようだったが、実用のためだったのである。

「だから、タタラのそばには処刑場が多かった。死体が手軽に手に入るから。でも死体を扱うあたしたちは、皆に忌み嫌われた」

霞美は今の新宮《しんぐう》市砂羅のあたりのタタラ師だった。産鉄集団は独自の世界で生きてきたため、長く村人たちとは相容《あいい》れない存在だった。彼らが引き起こす鉱毒のせいもあった。川や海は真っ赤になり、今も「色川」や「赤色海岸」と言った地名となって残っている。おかげで諍《いさか》いが絶えなかったという。

「熊野には『一つタタラ』という怪物退治の伝説があります。私もそのひとり」

「霞美は怪物だったの？」

「いいえ。後世の者がそう呼んだのです」

川の鉱毒を巡る紛争だったらしい。あまりの汚染に耐えかねて採掘をやめるよう求めた村人たちと「タタラ師」の間で戦《いくさ》が起きた。その戦に巻き込まれて、霞美も死んだのだ。霞美の仲間は女子供に至るまで皆殺しされた。霞美の赤ん坊までも殺された。

「それで怨霊《おんりょう》になったのか」

赤ん坊まで殺すのはむごいと思ったが、鉱毒で苦しんだ人々のことを思えば、タタラ衆も一方的な被害者ではない。

「話し合いでなんとかできなかったのかな……」

司の呟《つぶや》きを聞き止めて、霞美は驚いた。

「ムリです。タタラを止めれば私たちは暮らせなくなります」

「でも川を汚されて迷惑してた人もいるんだろ」

「私たちを責めるのですか。でも熊野はタタラのおかげで潤《うるお》ってきたのです。都の者は、熊野には金・銀が埋まっていると言って重宝《ちょうほう》がりました。皆が恩恵《おんけい》を受けているのです。でも私たちの暮らしが豊かだったわけではない。儲《もう》かるのは買い付け商人ばかりで、私たちは貧しかった。忌まれ続けた。怪物のように」

恐れられ、理不尽《りふじん》に嫌われた。

長い間の断絶が「話し合い」を遠ざけた。

「私たちは人とも呼ばれなかった。砂羅の者はみんな殺された」

（だから報復、か）

虚《むな》しい響《ひび》きを感じるのは、自分が当事者ではないからだろうか。報復がすめば皆、気が済むんだろうか。ニシキトベの祖先も霞美も——カオル様も。

——何があっても怨んではいけないよ。憎んではいけないよ。

さっき思い出したその言葉が今、ひどく胸に染みてくる。

（あの声は誰だったんだろう……）

「布都御魂《ふつのみたま》は滝の中に封じられているのですね」

と霞美が那智の滝を見上げて言った。飛沫《しぶき》が霧になって流れてくる滝壺近くまで近づいた。

「でも鍵が開かない。ゴトビキの弓矢を扱えるあの子は目を醒まさない。あの弓矢は那智の者にしか扱えないんだ。カオル様の手を煩《わずら》わせたくなかったけど」

「ではカオル様を呼んだのですね。ここに」

「あの子を除けば、那智の者の生き残りはカオル様しかいないから」

解錠の仕組みは皆、維盛が知っていた。

「維盛さんは布都御魂を那智の者に預けたんだ。いつか甦《よみがえ》りを果たして必ず取りに来る。平家再興のために。それまで布都御魂は那智の滝に隠してくれ」

記憶が語る口調で司が語る。

「三種の神器《じんぎ》は安徳《あんとく》帝が最期まで、その胸に抱き続けるだろう。私は布都御魂を死守する。いつか平家再興の日を」

声が詰まってきた。維盛が入水《じゅすい》した海水の冷たさを思い返し、司は体を抱いた。切ない。海の底に沈む今際《いまわ》の際《きわ》の記憶を噛《か》みしめると、涙が止まらなくなってくる。

目元をグイと拭《ぬぐ》って、「カオル様をお迎えする支度をしなければ」と言うと、司は社務所へと歩き出した。

「カオル様の御延命がかかってるんだ。僕ががんばらないと」

「やはり、あの娘を起こしましょう」

と霞美が言ったので、司は驚いた。

「仰木《おうぎ》高耶が動き出したとのことです。時間がありません」

高耶の名を聞いて、司が青ざめた。

彼らにとって今やその名は、悪魔にも等しい意味があったのだ。

＊

朝九時を過ぎて、那智には続々と四国《しこく》からの応援部隊が到着した。

「仰木隊長……！」

高耶の姿を見て、堂森猪之介《どうもりいのすけ》と早田晋十郎《さったしんじゅうろう》の二名が駆け寄ってきた。

奪還作戦の本拠は、那智山の麓《ふもと》にある休業中のゴルフ場だった。

「ふたりとも、元気そうだな」

長く離ればなれだった。こうして対面するのは本当には久しぶりだ。応援要請を聞いて、自《みずか》らすっとんできたふたりである。岩田永吉《いわたえいきち》の姿もある。嶺次郎《れいじろう》が率先《そっせん》して送り込んでくれたらしい。永吉は高耶の姿を見ると、大きく手を振り上げた。

「おんしと組むは白地《はくち》以来じゃったかの」

「ああ。あんたがいてくれれば頼もしい。感謝する」

三十人からの精鋭の後ろには楢崎《ならさき》の姿もあった。

「おまえも来たのか、楢崎」

「え……あ、あははは」

と高耶の顔をまともに見れず、笑ってごまかした楢崎だ。その先に直江《なおえ》の姿を見つけて、楢崎はギクリと固まってしまった。直江は四国にいた頃よりいっそう鬼気迫る目つきをしている。浦戸《うらど》アジトの階段の踊り場で目撃した光景が、目に焼き付いて離れない楢崎だ。

「ち、……ちわっス。橘《たちばな》サン」

「てめえら、一体何のつもりだよ!」

驚いた楢崎が振り返る。クラブハウスの中から、自分とそう年も変わらなそうな若者が突進してきて、いきなり楢崎の胸ぐらを摑《つか》みあげた。

「な……ッ!」

「てめえら、憑依霊だろ! ふざけんな! とっととこの肉体解放しろ! この人たちを解放しろ!」

鳥越隆也《とりごえたかや》だった。興奮して乱暴に楢崎を揺さぶりまくる。慌《あわ》てて止めに入ったのは高耶だ。

「よせ、鳥越！」

「てめえの仲間ってのはこいつらのことかよ！　ふざけんなよ、誰が怨霊なんかの手ェ借りっかよ！　こいつらもマサユキ殺したヤツと一緒だ、ひとの肉体勝手に奪いやがって！」

高耶に羽交《はが》い絞《じ》めされて引き剥《は》がされても、隆也は暴れ続ける。楢崎達は呆然と見つめている。なだまらない隆也に業《ごう》を煮《に》やした高耶が、いきなり胸ぐらを摑んだかと思うと、頰《ほお》を鋭く平手打ちした。

「ぷっ！」

「こいつらとやりあいたいなら、後で思う存分やらせてやる。今はやめろ！」

放心した隆也に言って、高耶は楢崎達を振り返り、

「おまえたちも。ここにいるのは現代人の代表者だ。後で一荒れするのは覚悟しとけよ」

「隊長。二枚屛風《びょうぶ》、いつでも稼働《かどう》できます」

と言ってやってきたのは兵頭《ひょうどう》と久富木《くぶき》の室戸《むろと》組だ。重機を載せる大型トレーラーに、二台の鉄の大屛風が載っている。白地城攻めの時に用いた「掃除機《バキューム》」と呼ばれる霊武器だ。磁石のように霊力を吸いあげ、結界を弱らせることができる。

そうこうするうちに、上空からはヘリのローター音が聞こえてきた。コースのほうへ下りていく。強い風がフェアウェイの木々を大きく波立たせた。清正《きよまさ》のヘリだ。着地しようとしているのを見届けて、高耶は皆を振り返った。

「よし。合流した隊士達をクラブハウスに集合させろ。作戦会議《ミーティング》を始める」

クラブハウスには、車椅子《いす》に乗った磯村《いそむら》テルとそれに寄り添う綾子《あやこ》がいる。テルの回復力は老齢とも思えないほどだ。普段から鍛えていたせいだろう。

「門脇《かどわき》さん」

と声をかけられて、綾子は顔を覗《のぞ》き込んだ。

「なんですか」

「熊野の審神者《サニワ》として、わしも働かねばならん。礼さんと遠隔疎通《えんかくそつう》を試みてみる」

「遠隔疎通？　思念波《しねんは》接触のことですか。ここから礼さんに呼びかける？」

「無事かどうか心配や。中の様子が摑めれば、救出もしやすくなる。こうなったのも、あたしらの責任や。あの子だけはなんとしても助けたいんや」

テルの審神者としての意地に感じ入った綾子は、しっかり受け止めたというように頷《うなず》いた。

「わかりました。あたしも協力します」

四国から集まった三十人の精鋭は四隊に分かれる。滝上組の隊長は清正、下流にあたる大門《だいもん》坂《さか》組には兵頭隼人《はやと》、滝正面隊は高耶が率いる。拠点は那智大社に据え、光秀《みつひで》が常駐《じょうちゅう》する。さらに上空からヘリ三台。

軍議はクラブハウスの食堂で始まった。偵察に行っていた清正と吉川元春《きっかわもとはる》も戻ってきている。奪還作戦に参加する全ての顔ぶれが一堂に会した。作戦説明を行う兵頭を、眉間《みけん》に深い縦《たて》皺《じわ》を刻んで高耶が見つめる。斜め後方の席から見守るのは直江だ。

(無理をしてる……)

四国の状況に思う以上に手こずっているに違いない。

(長秀《ながひで》と共に事にあたるとは言っているが)

悪い予感を隠せない直江だ。そんな直江をじっと凝視《ぎょうし》している視線がある。

吉川元春である。

直江たちとは、まだまともに話してはいなかった。だが直江と高耶がこうして居並ぶ姿は、元春にとっては奇跡を見るようだ。那智に、こんな感動が待っていようとは思ってもみなかった。

萩《はぎ》で二人に出会い、阿蘇《あそ》では直江の死を受け入れられなかった高耶を現実に帰らせようともした。彼らの道のりに立ち会ってきた元春だ。

(おまえたちがこうして共にいる姿を見ることができようとは)

壁際には風魔小太郎《ふうまのこたろう》が佇《たたず》んでいる。小太郎を撃ったのは元春だった。あの時の憑坐《よりまし》は死亡した。当時の姿は見る影もない。視線に気づいた小太郎がこちらを見たが、一瞥《いちべつ》しただけで、すぐに目線を戻してしまう。

(怨《うら》んでいるだろうに、私を)

景虎《かげとら》のもとに辿《たど》り着こうとしていた、その足を止めた。元春が放った一発の銃弾で。小太郎の「景虎の直江になる」という願いは永遠に断たれた。怨まれてもおかしくない。

不思議だ。見渡せば、あの時阿蘇にあった男たちが全員揃《そろ》っているではないか。景虎、小太郎、高坂《こうさか》、光秀、清正――そして、直江。誰も何も言わないが。あの雪の阿蘇の一夜を、元春は今も忘れない。

(我々はあの時とは少しずつ在《あ》り方を変えて、ここにある)

――私は自分に見込みを永く持ちすぎたのかも知れない。

西浜の夕波を見つめながら、己《おのれ》の物語を語った直江。

――オレを捨てるのが本心だっていうんなら、オレがこの手で殺してやる！

猛獣のように叫んだ景虎。

――直江はそばにいる。

阿蘇で弱っているそのときも。元春は見守り続けていた。狂気の残骸《ざんがい》を見たと思ったその時も、景虎は強かった。その情念の量で元春を圧倒した男たちだった。

今は、なにか、深みを増した精神を感じる。

(今ならば私は、そなたに従うことができるかもしれない。景虎)

求めあいながら、離れ、憎み、反目し、永久に訣別《けつべつ》したはずだったおまえたちが、こうして二人ここにある事実に、元春は黙ってひれ伏そうと思った。

(私はどこかで、おまえたちに救われた)

「那智の滝を占拠している者たちは、これまでの相手とはまったく違う。今までのセオリーは全《まった》く役に立たないものと知っておけ。自然を相手にするようなものだ。人間と思うな」

皆の前で高耶が鼓舞《こぶ》する。力強い。高耶を見る赤鯨衆《せきげいしゅう》の男たちの眼差《まなざ》しと言ったら、どうだ。ここまで部下たちを奮《ふる》い立たせるリーダーは、戦経験の豊富な元春でも見たことがない。

（これが、おまえたちが生きる場所として選んだ新天地か）

凄《すご》い集団だ、と赤鯨衆を見て元春は思った。そのへんの怨将《おんしょう》の軍団とは質が違う。雑兵《ぞうひょう》集団とは言うが、決して上の指示で、右へ左へウロウロする者たちではない。指示に鋭敏で、全員の目つきが違う。赤鯨衆に所属はしているが、個々が精神的に独立した存在だということもわかるのだ。己を確立した者が団結すると言うことは、かくも価値あることだったのか。

（赤鯨衆の強さの理由が、わかった気がする）

雑兵集団・烏合《うごう》の衆……と軽んじていた自分を元春は改めねばならなかった。

これはきっと、帰属するものを自《みずか》らで選んだ人間の強さだ。

（盲目的な信仰集団にも負けていない）

（加藤《かとう》清正ほどの男が、赤鯨衆に与《くみ》した理由がやっとわかった）

清正は一言で語った。赤鯨衆の一員になった理由を。

――面白いからさ。

多くを語る必要が、彼にはなかったのだ。

「今度の作戦は、織田との全面決着に向けた前哨戦《ぜんしょうせん》になるはずだ。皆、心してかかってほしい。以上だ」

高耶の力強さに元春は確信した。

（年代を超えて果てしなく拡大する《闇戦国《やみせんごく》》を収束させる鍵は、やはり赤鯨衆にある）

怨将達はここに結束するべきなのかもしれない。

＊

ミーティング終了後、高耶は浦戸の嘉田《かだ》嶺次郎と連絡を取りあった。

ゴルフ場のグリーンを見渡せるロビーのエントランスで、高耶は携帯電話を通じて嶺次郎の報告を聞いている。伊勢《いせ》神宮の件だ。

『こっちはまだ議論中だが、緊急を要することじゃ。いつでも攻撃はできるよう準備を始める。遍路《へんろ》の流れは止めた。問題は〈気道〉だが、水銀鉱床のほぼ正確な場所は割り出し済みじゃ。なんとか被害は食い止めたいが』

方法は検討中だという。

いずれにしても〈裏四国〉の力を使うのはあくまで最終手段だ。

『問題は崇徳院だ。今はなんとか穴を塞《ふさ》いでるが、結界内のエネルギーが充塡《じゅうてん》状態になると、白峯寺《しろみね》は大きなウィークポイントになってしまう』

いっぱいに膨《ふく》らませた風船に針で穴を開けたところを想像するといい。内部の気圧が一気に風船の亀裂《きれつ》を押し広げ、つまり割れてしまう。むろん結界のつくりはそこまで単純ではないが、不安定な状態は危険であることは間違いない。

「咒師《しゅし》たちを白峰に集めてくれ。もっと規模を大きくしなければ足りないようだ」

『わかった。兵隊も何人か向かわせよう。――……それから、仰木』

嶺次郎の口調が変わった。何かを決断したとき、嶺次郎は声音《こわね》が少しだけ高くなる。高耶は察して「なんだ」と問い返した。

『テレビ取材の件、受けることにした』

高耶は目を見開いた。

数瞬絶句していた。

「嶺次郎……」

『これから神戸《こうべ》に赴《おもむ》く。四国じゃ一切記録はとれんきの。放送時には余計な演出は一切《いっさい》せんよう、約束もとりつけた』

「それでいいのか」

『わしは決めた。だがおんしが反対するなら、とりやめる』

高耶は携帯電話を握ったまま、沈黙した。呆然としていた。だが、動揺したのではない。高耶も、腹は据えていたのだ。

「この先予想される出来事も、承知の上なんだな?」

ああ、と嶺次郎は答えた。

『だがいつまでも日陰者《ひかげもの》でいるわけにもいかんじゃろ。わしらはこうしてここにある。わしらのような虫けらにできることは、声張り上げて鳴くことだけじゃ。鳴き続けることが虫けらの生きちゅう証《あかし》ぜよ。じゃったら』

その答え方はいっそサバサバしている。

『世界中に鳴り響くほど、声張り上げてみようかい』

高耶はしばし呆然としたが、いくらもしないうちに納得した。

そうだ。これが「嶺次郎」なのだ。

彼は初心を見失わない。迷ったときは必ず原点に戻っていく。一度初心にかえれば、人が飛ぶのを躊躇《ためら》う谷も、すがすがしいほど軽やかに踏み切ってみせる。

胸にじんわりと熱いものが広がるのを感じていた。

(おまえの中に吹く風が、いつもオレたちの背中を押してくれる)

ありがとう、と高耶は告げた。何に対しての「ありがとう」なのか、嶺次郎に伝わったかとどうかはわからないが……。

「……おまえと仲間でよかった」

たとえそれが泥沼の争いの火蓋《ひぶた》になるとしても。

高耶の覚悟も決まった。嶺次郎も同じ気持ちのはずだった。

いつか共に朝の足摺《あしずり》岬に立った時と、同じ表情をしているに違いなかった。

＊

軍議の終了後、直江のもとに吉川元春がやってきた。

直江も、懐かしい友人を見る眼になった。

「……ここで再会できるとは思わなかった」

と言って元春が掌《てのひら》を差し出す。だが直江は握り返すのを躊躇った。そのかわり伏し目がちに微笑し、

「本当に。こんな形で再会できるとは」

と言って机の上の地図を片づける。元春は軽く溜息《ためいき》をついて掌を引っ込めた。

「その分じゃ赤鯨衆ではまだそなたの素性《すじょう》を明かしていないようだな」

「ここでは山神の神官・橘義明《よしあき》で通ってます。尤《もっと》も、とっくに知っている人間も何人かいますが」

「景虎殿を追ってきたのか？　それ以外に理由などないか」

大友《おおとも》の赤鯨衆入りを説得したのはそなたか？　と元春が問う。大友は新上杉の同盟者だった。

「あなたも仲間になってくれれば、と思っていました。元春殿」

「敵だった男がぬけぬけとよく言う」

呆《あき》れながら、元春はまた溜息をついた。

「だが、そなたと景虎殿の共駆けが見られるなら、生き延びた甲斐《かい》があるというものだ」

直江が不意に浮かない表情になった。何か辛《つら》そうな眼をするのを見て、元春は怪訝《けげん》に思った。

「どうし……」

「なお……じゃない橘！　インカムは何本用意したら」

大きな声を出してやってきたのは綾子だった。

「晴家《はるいえ》。吉川元春殿だ。元春殿、こちらは柿崎《かきざき》晴家。元上杉の同僚です」

「吉川……じゃ、あんたが友姫《ともひめ》の旦那《だんな》さん？」

元春は驚いた。いきなり妻の名をここで聞くとは思わなかった。

「友姫と漁姫《いさり》には厳島《いつくしま》で世話になったのよ。あたしもついこないだまで明智の世話になってたけど、あんたとは会わなかったわね」

気丈な綾子は作戦に参加するらしい。さすがにこの怪我《けが》では実動部隊にはなれないので、作戦拠点の那智大社で、光秀とテルと共に情報担当を受け持つことが決まっていた。

「本当は自分で仕返ししたいけど。あたしの分も頑張《がんば》ってきてよ」

と言い残すと、赤鯨衆の男たちの尻をカッ叩くように勇ましく、「ほら、あんたたちもさっさと準備しなさい！」と言ってまわる。

高耶の魂核《こんかく》寿命のことを聞いて以来、深く沈んでいた綾子だが、戦闘に参加することでまで自分自身を鼓《こ》舞《ぶ》しようとしているかのようだ。

——景虎《かげとら》とは仕事が済んだら、じっくり話すわ。

泣きはらした目で綾子は言っていた。

——あたしは納得したわけじゃないから。

直江はそんな綾子を暗い眼差しで見守っている。彼らの間に流れるどこか悲壮な空気を、元春は不審に思った。

(何があったんだ？)

一時間後、滝上を受け持つ清正隊が他に先駆けて出発することになった。

「今度のことは加藤清正一生の汚点だ」

バイク集団はすでに準備万端整っている。見送りに出た高耶に、相変わらず学ラン姿の清正が言った。

「地震加藤の名に賭けて、失点は必ず取り返す。これは俺のリベンジだ。信長《のぶなが》公が敵ならば尚《なお》更勝《さら》たねばならん。国見山《くにみ》の二の舞だけは避けたいからな」

「頼む。清正」

心なしか調子のよくない高耶を清正はジープの助手席から見て取った。四国の負担が顔に出ている。

「おまえこそ無理するな。これはまだ前哨戦なのだろう？　信長公との決戦の時のためにも、体力は温存しておけ。毘沙門天《びしゃもんてん》から見放されても、おまえは赤鯨衆の軍神だ」

「清正……」

行って来る、と告げて清正が出発の号令を下した。バイク集団は一斉《いっせい》にゴルフ場の門を出ていく。彼らはこれより那智の原生林に分け入って、滝の上に出なければならない。

「武藤《むとう》がいてくれれば、だいぶ戦いやすくなるんだけどな」

と高耶が傍《かたわ》らの兵頭に言った。滝を神体にしているならば、水を枯渇《こかつ》させるのが一番近道だからだ。兵頭はうなずき、

「石上《いそのかみ》では一緒だったのですが……。真木《まき》の報告では石上にはあの男の死体のようなものもなかったとのこと。死んではいないはずですが」

安否《あんぴ》が気になるのだろう。考え込む高耶を、兵頭が見つめている。見慣れたはずの横顔がいくらか痩《や》せてきている。後ろ髪がかかるうなじ、半袖Tシャツから伸びる筋肉質の腕、しなやかで強靭《きょうじん》な針金を思わせる骨格、ひ弱さを感じさせない――。

「仰木隊長」

そこに直江がやってきた。段取りを確認し始める二人を、兵頭は黙って見つめている。

――おまえはこの人の怖さを何もわかっていないだけだ。

「………」

見ているのがだんだん耐えられなくなり、兵頭は思わずきびすを返して去ってしまった。高耶が怪訝《けげん》な顔をしたが、直江は何も言わなかった。兵頭は、逃げるように去った自分に今更ながら呆《あき》れた。

（あの男は恐らく仰木高耶の何もかもを知っている）

仰木高耶は直江にしか見せない表情を、いったいどれだけ持っているだろう。この男の腕の中で「仰木高耶」はどんな姿態を見せるのだろう。

これが嫉妬《しっと》というものなのだろうか。

兵頭は自嘲《じちょう》した。だとしたら、やけに切ない感情だ。

格闘家の欲望とは、強い人間を倒すことだと兵頭は思う。自分が強くなろうとして戦い続けた人間は、いつしか強い者を征服する悦《よろこ》びを求めて戦うようになる。征服欲で腹を満たして生きる獣は、より強い男と対決《やれ》ることを求める。強い相手をこの拳で倒した時の悦《よろこ》びは、いつしか肉体的快楽となった。

室戸流拳法を習い、生涯幾多《いくた》の使い手と対決してきた兵頭だ。誰にも決して脅《おびや》かされないことを求め続けた少年は、やがて相手を征服した時の甘美《かんび》さを知り、さらなる強い相手を求めていった。「仰木高耶」はそういう兵頭にとって、最も甘美な獲物に映るのだろう。

（だからか……？）

兵頭は自分の病を知る者のように、自答した。

（「征服された仰木」の姿を、勝たずして知っているからか）

負けた人間の肉体には興味がない。だから証立てにも魅力は感じない。直江が憎らしいと思うのは、あの男が「負けていない仰木高耶」の肉体を、恐らく唯一、知る者だからだ。

（獣だな）

いや、と兵頭は首を振る。――仰木にそれを許させる男が、妬《ねた》ましいのか。

視線を感じて、兵頭は振り返った。玄関のほうから、風魔小太郎が高耶を見ている。ついこの間まで豹であった。その視線に、自分と似たものを感じた。

（あの男……）

「兵頭さん、沖ノ島《おきのしま》水軍よりたった今、連絡が！」

クラブハウスから飛び出してきたのは久富木である。

「現在位置は、潮岬《しおのみさき》の西方二十キロの海域。戦闘状態からは脱したとのことですが、船の損傷が激しく、航行不能の船が数隻《せき》。室戸水軍の曳航《えいこう》で勝浦《かつうら》港に入りたいちゅうてますが、巨大霊船に率いられた船団の動き激しく、近づくがは難しいとのこと」

「多賀丸《たがまる》……」

戻ってきた高耶が聞き止めて呟いた。白浜《しらはま》で見た巨大霊船だ。

「三段壁の海賊か。そこまで数が増えているのか」

「人魂をくって大きくなる船です」

兵頭が答えた。

「多賀丸なる妖怪船の話は、紀伊《きい》水道近海では昔からよう知られちょりました。柄杓《ひしゃく》で船を沈める船霊《ふなだま》を伴って現れ、溺死《できし》した船乗りの霊を食べると言われています」

「その多賀丸が、なぜ熊野近海に？」

「例の平維盛の髑髏《どくろ》を探しているのかもしれません」

全国から怨将達が集まっている。

平家の怨霊軍をめぐって。

「危険だな」

と高耶が呟いた。

「いま熊野に大勢の霊が集中するのは、まずい気がする」

具体的に理由は説明できない。「戦争が始まる」という重野《しげの》トオルの言葉がひっかかったのかもしれない。

「それに平維盛の首は石上神宮に持って行かれたはずだ。ここに探しに来たって何の意味も」

「いいや、ある」

聞き覚えのないしわがれ声が突然割って入ってきた。ギョッとして振り返った高耶たちは、トラックの傍らに佇む得体の知れないボロボロの旅僧の姿を見る。

(琵琶《びわ》法師)

光秀達が会ったというあの琵琶法師か！

高耶が「光秀を呼んでこい」と命じて久富木をクラブハウス内に走らせた。古びた琵琶を抱えた琵琶法師は、ボロボロの黒い僧衣を風に靡《なび》かせている。

「あんたは……」

やがて呼ばれて光秀と元春が飛んできた。すぐにあの時の琵琶法師だとわかった。だがそれ以上に重大な知らせを、光秀達は持ってきたのである。

「大変だ、景虎殿！いまヘリから連絡が入った。那智の滝で、布都御魂《ふつのみたま》の解錠作法が再開してる……！」

全員が息を呑んだ。

なんだと……！

＊

礼は再びゴトビキの弓を手に立った。

すでに三つまでの的を射た後だった。

滝は、丹敷戸畔《ニシキトベ》呪法の五重結界に包まれている。「金・銀・白金・鉛・鉄」この五元素の霊性を抽出《ちゆうしゆつ》して囲む結界だ。

司と丹敷戸畔のタタラ衆が、固唾《かたず》を飲んで、礼の的射《まとい》を見守っている。太陽が梢《こずえ》の上に姿を見せた。影が濃くなるとともに、礼の矢も力強さを増していく。

（開ける錠はあと四個）

八つのうちの四個まで射抜き終えた。残り四個の的が光の浮遊物となって、滝に浮かんでいる。的はまさに扇御輿《みこし》の鏡の位置と同じだ。

しかし礼の調子はすこぶるおかしい。

礼は自分の意志で的を射ているわけではない。タタラ衆の傀儡《くぐつ》法で無理矢理射させられているのだ。実際は体力を消耗しきっているので、とても射るどころではない。

四本目の矢をつがえたところで、礼は体を支えきれなくなった。放った矢は、的まで届かず、滝壺に落ちた。

「おい、大丈夫か？」

駆け寄った司は、礼の体にほとんど力が入っていないことに気がついた。

「駄目だ、親方。続けたら、この子が死んでしまう」

タタラ衆のリーダーは四十がらみの筋肉質の男だ。遠里《とおり》という。その赤ら顔は、タタラ人の炉焼けした肌を彷彿《ほうふつ》とさせた。高耶と本宮《ほんぐう》大社で闘った男のひとりである。

「残りあと四カ所です。ここは邪魔が入る前にやりのけてしまいましょう」

「この子の身に何かあったらどうするんだ。カオル様の御子なんだぞ！」

「解錠が済んだら、この娘は始末せよ、とのご命令です」

「！」

司は息を呑んだ。──うそだ！

どうして……ッ。

「カオル様は……我が子を殺せと？」

「那智の者はカオル様一人で充分とのこと」

純血の那智などあってはならない。我が子といえども、生かしておいてはならない。カオルよりも強いとなれば、尚更《なおさら》だ。いずれ脅威《きょうい》になる。

「……そんな。カオル様は自分の娘が可愛くないのか！」

「カオル様は己の娘などとは信じておられん。仰木高耶の虚言《きょげん》かもしれん。的射を続けよ！」

「親方！」

警備にあたっていた霞美たちがそこへ血相を変えて駆け込んできた。

「結界に侵入しようとしている輩《やから》がいます！　例の仰木高耶と思われます！」

司もタタラ衆もにわかに緊迫《きんぱく》した。仰木高耶は敵の筆頭だ。カオルが抹殺《まっさつ》を指名した。カオルの復讐を邪魔する敵だ。

「来たか、悪魔。邪魔はさせない。仰木高耶の首はここでとる！」

「全員戦いに備えよ！　的射は続ける！」

＊

高耶たちは那智山に急行した。

結界は飛瀧《ひろう》神社の鳥居の外にまで及んでいる。高耶たち実働部隊は、滝から那智大社に至る石段の途中、伏拝と呼ばれる広場に陣を据えた。数日前に、直江と語り合ったあの場所だ。ここは扇祭の時、十二本の扇御輿を立てて「扇ぼめ」を行う場所だった。

「なんて結界だ」

高耶に従うのは、直江と黒豹に戻った小太郎、堂森・早田の元遊撃隊員、他五名。それに鳥越隆也がついていく。

結界面は何か固い壁が立ちはだかっていて、どこにも入る隙がない。見えない壁でもあるようだ。

道路にはこの結界に正面衝突したとおぼしき車が、フロントをぐしゃぐしゃにして煙を吹いていた。

「こんな固い結界初めてだ」

　拳で叩くと、なにもないはずの空間がコンコンと音を返す。ガラスでもコンクリでもない。鉄骨の感触に似ている。インカムをつけた高耶に、那智大社にいる綾子から連絡が入った。

『二枚屏風が稼働中。バキューム効果が出るまで、あと二十分。結界の種類はわかった？』

「少なくとも既存のパターンにはない結界だ。裂破法《れっぱ》は通じなさそうだ」

『丹敷戸畔呪法とやらかもしれん、仰木さん』

　と割り込んだのはテルだ。

『その中に鉱物の霊性を抽出《ちゅうしゅつ》する術があると聞く。昔、熊野のタタラ師の間で使われとったが、タタラの衰退で、とっくに絶えたものと思うとった。使える者がまだいたんじゃな』

「どうすればいい？」

『どの鉱物の特性を用いたかがわかれば、いくらかは考えようもあるが』

「………。いちいち調べるのも面倒だ。要は鉱物だと考えればいいなら」

　と高耶は直江たちを振り返った。

「方法はある。融点を超える高熱で焼く。もしくはより硬度の高い鉱物で削《けず》る」

「ダイヤモンドならまちがいありません。地球上で最も固い物質です。しかしそんなものここには」

「材料はある。要は炭素があればいい。鳥越、鉛筆はあるか」

え……ああ、と言って隆也が地図に挟んだ黒鉛筆を高耶に渡した。

「こいつがあればダイヤを作れる」

「鉛筆で？　どうやって」

「こいつの芯《しん》だ。芯に使われる黒鉛だ。黒鉛を使って人工ダイヤを作る」

ダイヤも黒鉛も同じ炭素原子でできている。黒鉛に高温高圧を加えると、ダイヤに転移することができるのだ。

「密教にもダイヤの堅固さを仏格化した真言《しんごん》がある。ダイヤの霊性を真言で揺すぶって、この結界の突破口にする」

楢崎が感心したように「すげー」と声をあげた。

「でも高温高圧をどうやって」

「全員の念を貸してもらう」

高耶は腰のサバイバルナイフで鉛筆の外側を剝《む》くと、芯だけ取りだした。ナイフを納め、ボールを持つような形に両掌を開くと、その真ん中に芯が浮かんでいる。念動力だ。

隆也だけが目を剝いて声もない。

「よし、全員半径五メートルの外に出ろ。合図をしたら、全員一斉《いっせい》にこの芯にありったけの念を集めてくれ」

自分の掌《てのひら》の中を密閉空間にして、ダイヤを作るつもりらしい。真っ先に直江が「危険です、仰木隊長」と止めに入ったが高耶は「大丈夫」とつっぱねた。

「ほんの小さな結晶でいいんだ。必ずできる。息を合わせなければ駄目だ。全員集中しろ、行くぞ」

半信半疑だった仲間も、協力することになった。「3、2、1」の合図で全員が一斉《いっせい》に、細い芯めがけてありったけの《力《りょく》》を集中させる。

「え……？　ええっ」

隆也は息を呑んだ。高耶の掌の中が水晶玉のようになり、内部がプラズマを発し始め、発光し始める。やがて高耶の瞳の色がみるみる赤みを増していくのを隆也は見た。高耶が熱を加え始めた。猛烈な熱だ。黒鉛をダイヤに転移させるには二千度近い温度と二百キロバール以上の圧力が必要だとされる。爆破の衝撃波並みの力を加えれば、短時間で転移が可能だ、とは隆也も物理の授業か何かで、聞いたことはある。鉛筆の芯からダイヤができるという話。しかしそれを実際目の前で……しかも何の道具もなしにやってのけようなんて。

(こいつら化け物か……！)

高耶の手の中の水晶玉が太陽のように強く輝く。

まるで魔法を見るようだった。高耶の中の水晶玉はだんだん輝きを弱め、ゆっくりと冷えていく。鉛筆の芯であったものは、いつしか高耶の掌に透明な結晶として残った。

隆也は恐る恐る目を開いた。

「……まじかよ……ほんとにダイヤ？」

男たちもようやく集中力を解いた。足元がぐらついた高耶に直江が駆け寄る。高耶は肩で荒く息をついている。かなりの力を使ったらしい。

「なんて無茶を……」

怒りを滲《にじ》ませる直江に高耶は不敵に笑いかけた。

「即席だが、これでなんとかなるだろう。こいつを使って結界を突破する」

＊

一方、那智大社に拠点を据えた綾子たちである。青岸渡寺《せいがんとじ》横の広場からは那智の滝が眺望《ちょうぼう》できる。綾子はここから霊査《れいさ》する。

——おまえに頼みたいことがある。

直江は綾子にだけその胸の内を語った。

——彼を救える方法があるかもしれない。俺に協力して欲しい。

直江の眼には抜き差しならないものがあった。

（なんだってするわよ。景虎のためなら）

綾子と直江の中での優先順位は、なにをおいても高耶のことだった。

——景虎もあんたも《調伏《ちょうぶく》》してあげる！

（そんなこと、望んでるわけじゃないのよ）

本当に、景虎を今すぐ《調伏》しなければ彼は永久消滅すると知った今も。

（でもどうしても回避できないとわかったときは……そのときは……）

苦渋《くじゅう》する綾子の携帯電話が鳴った。戻ってこいとの合図だ。急ぎ那智大社に戻ると、テルが礼と遠隔疎通に成功したという。テルは拝殿の中だった。綾子は靴を脱いで駆け上がった。

「磯村《いそむら》さん……ッ」

「駄目や。礼さん、意識に蓋《ふた》をされとる。暗示かけられとるな」

テルは結跏趺坐《けっかふざ》したまま、険しい顔をしている。

「呼びかける。礼さんの目を醒まさせる。滝の錠は残りあと三つしかない。布都御魂が敵の手に渡ったら、わしらはもう手も足も出ん。絶対にカオル方に渡さんでくれ、仰木さん！」

テルの膝元におかれてある板神璽《しんじ》。烏《からす》はあと二十一羽しか残っていない。

烏が死ぬとき、熊野が燃える。

「もはやあの琵琶法師の言うことを信じるしかない」

と光秀《みつひで》が焦《あせ》りの表情で綾子に告げた。

——烏が消える前に、布都御魂を取り出すのだ。

そう言ったのはあの琵琶法師だった。

――布都御魂の力を持ってすれば、伊勢神宮の外法《げほう》は止められるであろう。
琵琶法師は布都御魂をよく知る人間のようだった。
――あんた、何者なんだ。
詰問《きつもん》したのは高耶だ。
――あんたが平維盛か。
琵琶法師は「否」とも「応」とも答えなかった。
――私が先導しよう。
「景虎殿が奪取してくれることを祈るしかない。信長《のぶなが》公の手に渡る前に」
ゴオンッ
と鐘を割るような物凄い音が那智山に響き渡った。光秀と綾子が振り返る。
(結界が割れた……?)
高耶たちがやったに違いない。
死闘の火蓋は切って落とされた。

＊

同じ頃、嶺次郎は大転換以来、初めて四国の外に出ようとしていた。

車は大鳴門橋《おおなると》を渡る。神戸に向かう。

ワンボックスカーの中央座席には、長与《ながよ》孝司《たかし》が乗っている。長与の目は輝いている。すでに局との交渉を済ませた。今頃は取材クルーの準備も進んでいるはずだ。

（俺が全国民を代表して赤鯨衆の首領から真相を聞き出す）

長与は武者震いした。

（やるぞ）

最後部席に座る嶺次郎は、大鳴門橋の上から、後にする四国を見つめていた。隣に付き添う中川《なかがわ》がやけに静かな嶺次郎の横顔を見て、奇妙に思った。

「嘉田さん……？」

「母親の胎内から出ていく赤ん坊のような気持ちじゃ」

嶺次郎の目には、大鳴門橋の袂《たもと》で自分らを見送る高耶の分身の姿が見えていた。

次に戻る時、赤鯨衆は今より更に厳しい状況にあるだろう。

嶺次郎は静かな覚悟を決めて、フロントガラスの先に視線を投げた。

第二十六章「ここに生きている」

テレビカメラの前で話すというのは、なんとも奇妙だ。

レンズの向こうに何十何百何千万という視聴者を想像しろ、というのは、簡単にできることはない。何百人かの隊士らを前にして話す方が、よほど実感を得やすい。見る側はテレビの中の人物と対面しているが、映る側からすれば実際カメラの向こうにあるのはガランとした空間だ。拍手《はくしゅ》や歓声や怒声があるわけではない。やけに静かだ。こういうものなのか、と嶺次郎《れいじろう》は醒《さ》めた気持ちで感心した。

ノーセットの小さなスタジオだ。殺風景な中、ポツン、と椅子《いす》がふたつあるだけの。天井のバトンにたわわに実ったライトの数だけは賑《にぎ》やかで、妙にアンバランスだった。

長与《ながよ》はインタビューの場所を、神戸《こうべ》市内の或《あ》るみやこテレビと同じ系列の民放放送局に決めた。スタジオを借りることにしたのは、これが赤鯨衆《せきげいしゅう》側の声明になることを鑑《かんが》みてのことらしい。先入観を招く演出を排《はい》して欲しいという嶺次郎側の意見も汲《く》んでのことだった。

収録は極秘だ。スタッフらの緊張が伝わる。無理もない。渦中の「セキゲイ宗」の代表者に独占インタビューしようというのだ。テロリストの親玉かもしれない男である。

中川《なかがわ》がスタジオの入り口から見守っている。

長与はスーツ姿になっていた。

「緊張してるか」

と問われて、嶺次郎は椅子《いす》に腰掛けたまま、軽く鼻の頭をかいた。嶺次郎はスーツこそ着ていないが、白いシャツにゆったりした黒パンツというシンプルな恰好《かっこう》だ。

「緊張するも何も、こんなにガランとしちょっては、手応《てごた》えを感じられん」

「収録中はそうだろう。でも放送が終わった途端、嵐のように反応が返ってくる。きっと」

「おんしゃ策士じゃの。まんまとわしらをその気にさせおった」

長与は笑ったが、興奮を隠しきれない目は充血して潤《うる》んでいる。

「さっき、局から連絡があった。このインタビュー、急遽《きゅうきょ》特別番組にして生放送で流したいと言ってきた。どうする。収録にしとけば、そっちに不利な発言は編集でカットできる。ナマだったら、やり直しはきかん」

嶺次郎は、しばし逡巡《しゅんじゅん》したが、

「生放送のがええ。ありのままを伝えられる。後でそっちの都合のエエところだけ、おんしらに小細工されては困るきの」

それでこそ赤鯨衆の首領だ、というように長与は大きく頷《うなず》いた。スタッフを振り返り、

「中継だ！　オーケーが出た、編成に連絡を！」

慌《あわ》ただしく「収録」から「中継」態勢へとスタッフが走り出す。突然の変更に中川が驚き、

「いいんですか、嘉田《かだ》さん！」

「これでええ。ナマなら誰にも歪《ゆが》められずに直で伝えられる」

度胸《どきょう》が据わっている。だが状況はそんなに単純ではない。

（生放送ちゅうことは、全国に居場所を教えるようなもんじゃ）

現代人がここに押し掛けてくるかもしれない。この治安状態で憎き赤鯨衆の首領がここにいるとわかれば、どんな目に遭《あ》わされるかわからない。危険すぎる！　中川は緊迫《きんぱく》した。この生放送は一歩間違えば「捕獲」のアピールになりかねない。

（放送終了後、すぐに脱出できる出口を確保しておかなければ。囲まれたらおしまいだ）

中川は廊下に飛び出した。外には護衛で合流した諜報班の真木《まき》達がいる。

（嘉田さんの身は、わしらが守らねば）

放送時間は着実に迫っている。

＊

風が止まった。

千秋修平《ちあきしゅうへい》は空を仰《あお》いだ。四国《しこく》に吹き続けていた風が止まった。

東から吹き付ける大きな〈気〉が不意に滞留した。何か大転換前の四国に戻ったかのようだ。四国中を反時計回りに巡っていた〈気〉がそのとき、ピタリとやんだのだ。

（この感じ――……）

無風になった。

怪訝《けげん》な顔をしている千秋を呼んだのは、呪師《しゅし》長の百兼《ひゃっけん》という男だった。修験者《しゅげんじゃ》のなりをした百兼は、今空海《いまくうかい》の補佐役であり、赤鯨衆の四国結界担当の僧侶だった。高耶《たかや》の分身が消えてしまったため、代わりに千秋と協力して白峰《しろみね》の崇徳院《すとくいん》鎮めにあたっている。その百兼のそばに、ひとりの山童子がついている。嶺次郎が派遣した赤鯨衆の兵隊にまぎれて、卯太郎《うたろう》も白峰にやってきていた。

《どうだ、崇徳院のほうは》

「今のところは小康状態ですな。活動に波がある。だがまた激しくなるぞ」

《ちっ》

いまいましげに千秋は白峰御陵を睨《にら》んだ。大黒天《だいこくてん》の結界を破られかけて、急遽雷神《きゅうきょ》を使った千秋は、どうにか一回目の危機を脱することが出来た。びっくり水をかけられたおかげで、崇徳院は目を回したらしい。一旦《いったん》はおとなしくなったが、またグツグツとマグマが沸騰《ふっとう》し始めている。

《こがいな人が四国におったとは知りませんでした》

山童子の卯太郎が千秋に話しかけてきた。元織田《おだ》の安田長秀《やすだながひで》だとは、高耶は彼らに告げてないらしい。「千秋修平という旧友」ということになっている。

《崇徳上皇という人はどがいな方だったんですか。これだけの恨《うら》み持つちゅうことは余程のことですよね》

《保元《ほうげん》の乱って歴史の教科書で習わなかったか》

《わしは武市《たけち》先生の塾以外、寺子屋《てらこや》は行っちょらんかったですき》

《源平《げんぺい》合戦のちょっと前だ。天皇と上皇が兄弟で争ったってーゆー話》

当時は、退位した天皇が「上皇」を名乗って治世を行う「院政《いんせい》」が主流だった時代。崇徳上皇とその腹違いの弟・後白河《ごしらかわ》天皇との間に起きた皇位継承を巡る争いだ。摂関《せっかん》家・武家をも巻き込み、骨肉《こつにく》相争う大きな対立となった。もっとも、崇徳上皇と後白河天皇は実の兄弟ではない。崇徳院は父・鳥羽《とば》院の子ではなく、その祖父・白河《しらかわ》院の子であったため、「おじご」と呼ばれたと言う。

《そのせいで崇徳院は鳥羽院に疎《うと》まれたらしい。崇徳院は親父に謀《はか》られて退位させられ、上皇になったんだ》

鳥羽院はその後継に、実の子でまだ幼い近衛《このえ》天皇を即位させた。が、これも死亡し、崇徳は自ら重祚《ちょうそ》（再び天皇に返り咲くこと）するか、己れの子・重仁《しげひと》親王の即位を願ったが、これもまた鳥羽院に阻《はば》まれた。近衛帝が死んだのは崇徳院による呪詛《じゅそ》だと決めつけられたらしい。鳥羽院は、近衛の兄・後白河天皇を即位させ、皇太子に後白河の子を立てた。こうして崇徳院は完全に、皇位継承の流れからはずされてしまったのだ。

やがて鳥羽院が死んだときも、崇徳上皇は弔問《ちょうもん》すら許されなかったという。

《かわいそうですね》

《でも健気《けなげ》なもんだぜ。崇徳はこっちに流されて来てから、意地悪な親父の菩提《ぼだい》のため、五部の大乗経《だいじょうきょう》を写経したんだ。保元の乱だって結局、後白河方に挑発されて起こしたってんだから。まあ、腹には据えかねてたんだろな。哀《あわ》れなもんだ》

天皇からおろされたとき、崇徳はまだ二十三の若さだった。

夢も野心もあったことだろう。

讃岐《さぬき》に流されたのは三十余歳。男盛りを失意の地で送った。

《その写経も京には受け入れてもらえなかったんだ。それで怒り爆発。自分は写経で積んだ功徳《くどく》を、丸ごと三悪道に投げ込んで、天下騒擾《そうじょう》の大魔縁《だいまえん》になるって誓いをたてたんだ。京の人間に崇徳院が畏《おそ》れられるのは、この言動のせいさ。……でも本人は案外ここの暮らしが気に入ってたんじゃねーのかな。ここは穏やかな土地だ。みやこを恨み続けて十何年は長すぎるし、俺だったらそんなゴタゴタのあったとこなんて思い出したくもねえ。和歌の達人だったらしいし、案外もう蒸《む》し返されたくなかったんじゃねーのかな》

そういう心境の人間が怨霊《おんりょう》になるとするなら、やはり「暗殺」されたのかもしれない。
百兼も探偵よろしく頭をひねり、
「暗殺したのは、やはり京の者じゃったんかいの」
《だから、あんなになっちまってんじゃねーのか》
白峰御陵の割れ目から噴《ふ》き上がる赤黒いマグマを千秋は親指でクイクイと差した。
「なんとか鎮《しず》める手はないですかの」
《………。それより》
と千秋は百兼を振り返り、
《結界の流れがとまっちまったが、何かあったのか。まさか仰木《おうぎ》高耶の身に何かヤバイことでも？》
それが、と百兼は口ごもった。
「金の雨を降らしちょる邪法師の所在が見つこうたがです。その場所を呪詛《じゅそ》攻撃するために、気を止めて蓄えちゅうところです」
《な……なあにぃっ？》
千秋がいきなり百兼の胸ぐらを摑《つか》んだ。
《馬鹿野郎！　なんで早く言わねえんだ！　こんなアブナカシイ状態で呪詛攻撃なんかできるわけねえじゃねえか！》

「相手が強すぎるがじゃ！」

《〈裏四国〉の力でねえと駄目なくらいにか！　いったいどこを攻撃する気だ！》

「い、伊勢《いせ》神宮じゃ」

千秋は目をひん剝《む》いた。

《伊勢……神宮だと？》

「日本中の神々を消しちゅうがは伊勢神宮の織田らしい。高天原《たかまがはら》に従う神が全部消えたら、この国が大変なことになるがです。全部が消える前に叩かねばならん！」

《じゃあ伊勢神宮を吹っ飛ばすために、景虎《かげとら》のヤツは》

伊勢神宮は日本一の神域だ。ここを攻撃するとなると生半可《なまはんか》の力では足りない。〈裏四国〉のエネルギーでも余程に蓄えねば敵わないだろう。

気を止めて溜めているのはそのためか。ここから呪詛のミサイルを撃ち込む気か。

嫌な予感が千秋を襲った。

伊勢神宮の攻撃、崇徳院の暴走。タイミングが、あいすぎている。

（──まさか崇徳院の暴走は、はなからそこまで見越しての……）

駄目だ、と千秋は首を振った。

《やっぱり許可できねえ。崇徳院を完全に押さえこんだならともかく、こんな中途半端な状態で下手《へた》に気なんか溜めたら、どうなっかわかってんだろうな！　満たんのところで崇徳院が結

界を破りでもしたら、バランス崩れて四国結界ごと暴走する。下手《へた》すりゃ重さで沈むぞ！》
いてもたってもいられず、千秋は再び百兼の胸ぐらを激しく揺すぶりだした。
《すぐにやめさせろ！　こんな危険な状態で呪詛は発動させられねえ！　景虎呼んでこい！》
できないとわかると、千秋はそこから見下ろせる四国の大地に向かって怒鳴った。
《野郎、景虎！　てめえ聞こえてんだろ！　すぐに気を巡らせろ！　気を溜めるな！》
ドオンッ
と背後で轟音《ごうおん》があがった。白峰御陵のほうだ。火山爆発とみまごう衝撃だった。土砂《どしゃ》が盛大に噴き上がって、千秋達のほうにまで降りかかってくる。
「うお！」
崇徳院のマグマが派手に噴き上がっていた。その有様を見て千秋はキラウェア火山の噴火映像を思い出した。怨念のマグマはどんどん烈《はげ》しさを増していく。白峰全体が火山になってしまったかと思うほどだ。
（このままでは結界点が確実に消滅する）
後がない。千秋はとうとう意を決した。一《いち》か八《ばち》かやってみるしかない。
「やる？　なにを」
「崇徳院に直接接触してやる」
百兼と卯太郎がギョッとした顔で千秋を見る。

《直接ってどうやるんです。危険です!》

《直接は直接だよ。これ以上もたもたみてらんねえだろ!》

《だ、だめです。馬鹿な真似はやめてください、千秋さん!》

と卯太郎に呼ばれて千秋は振り返った。

《その名前を赤鯨衆のおめーらに呼ばれるのはこそばゆいな。俺は安田長秀だ。おまえらの殿様討った張本人だよ!》

卯太郎達がアッと息を呑《の》むのと同時に、千秋が白峰御陵のほうへ走り出した。止める間もなかった。千秋は鳥が飛び立つように大きく谷の向こうへ跳躍《ちょうやく》すると、マグマの噴き上げる爆裂口へとその身のまま飛び込んだのである。

《と、飛び込んだ!》

「身投げしたぞ、おい!」

千秋の霊体を呑み込んだマグマがいっそう大きく噴き上がった。邪気をまき散らして燃えるマグマを、卯太郎達はただ呆然《ぼうぜん》と見つめながら立ち尽くすしか術《すべ》がない。

《どうしよう……どうしよう!》

怨念が溶岩のようにボコボコと泡たてながら沸騰《ふっとう》する。

白峰の傷口に、千秋の姿は消えた。

「なんじゃと！　そりゃほんまですかい、旦那《だんな》アッ！」

＊

一方、携帯電話に怒鳴っているのは、松本《まつもと》に赴《おもむ》いていた葛城一蔵《かつらぎいちぞう》だった。一蔵は今、松本城近くの老舗《しにせ》ホテルにいる。なまこ壁が特徴の洋館風建物のロビーで、一蔵はかかってきた携帯電話に応対していた。

「じゃあ、ご主人様の妹さんは今、武田《たけだ》に囚《とら》われているんですね」

美弥《みや》の行方《ゆくえ》を追っていた一蔵だ。直江《なおえ》からの電話に一蔵は呆然となってしまった。

「……とりあえず無事なんスね。よかった。わかりました。今度は武田の屋敷をあたってみます。甲府《こうふ》に行けば手がかりが……って旦那？　どうかしたがですか」

声に覇気《はき》がない。高耶との間にまた何かあったに違いない。詮索も躊躇《ためら》われるほどの暗い声だったので、いつになく心配になった。

「あの……。ご主人様とまた喧嘩《けんか》でもしたがですか」

つい訊《き》いて、怒鳴り返される！　と電話を遠ざけた一蔵だったが、意外にも直江はしおらしく「なんでもない」と答える。相当まいっているらしい。ろくに事情は話さず「頼む」と言葉少なに告げて、電話は切れた。

「義明《よしあき》か」

振り返ると、国領《こくりょう》住職がいた。その傍《かたわ》らには仰木高耶の母・佐和子《さわこ》を伴っている。

「はあ。妹さんの所在がわかったそうです」

「なに！　いまどこに」

「それが、ちくとややこしいトコなんですが、無事なことは確かだそうです」

実は佐和子のもとにもその後一度だけ美弥から電話があった。「成田《なりた》さんの仲間のうちにいる。よくしてもらってるから、心配しないで」と言っていたが、声は不安そうだった。佐和子は眉間《みけん》を曇《くも》らせた。

仰木家の前はまだ報道陣が張っている。父親は警察からは解放されたが、今度は公安調査庁に呼ばれた。佐和子のみ松本で連絡を待っている状態だ。

「……すみません。お手数をおかけしてしまって」

「い、いやあ。わしゃあ御主人さ…もとい仰木…さんにはえらい世話なってますき、これしきのことは」

心労でやつれきっているかと思われた佐和子は意外にも気丈さを保っていた。さすがあの仰木高耶の母だけはある。母の強さなんだろうなぁ、と思って一蔵はぽーっと見つめてしまった。目元が高耶に似ている。ふくよかで優しそうな女性だ。一蔵は自分の母親を思いだしてしまった。鼻をすすりあげ、

「し、心配せんでください。仰木さんも元気だそうですき。連絡はいつでもとれるし」

「高耶と話はできないの？」

ぎくり、とした。一蔵は答えに窮《きゅう》し、

「あの……えー……と、まだできないそうです」

「何を隠しているの？　高耶は私には言えないようなことをしているの？」

「そうじゃないです！　そうじゃないですけど……」

ロビーで流れていたテレビの声の調子が、不意に切り変わった。妙に聞き覚えのある声がスピーカーから聞こえてきたので、驚いたのは一蔵だ。振り向いて画面を見た途端目を疑った。

「えっ！」

ブラウン管に映っているのは、おそろしくよく見知った顔だった。

嘉田嶺次郎だ。

嶺次郎がテレビに映っている！

「ウソだろ、おい！」

途端に一蔵は手前の民芸調椅子をひっくり返してテレビにすがりついた。テロップには「セキゲイ宗代表・緊急生出演」と書かれてある。国領も佐和子も目が釘付《くぎづ》けになった。渦中のセキゲイ宗の代表者がついに全国テレビに姿を現したのである。

『インタビューを始めるにあたって、嘉田嶺次郎さん。まず最初に仰有《おっしゃ》りたいことは？』

一蔵は真っ青になっている。

ついに沈黙を破った。あの嶺次郎が……あの赤鯨衆が。

*

「このインタビューを始めるにあたり、嘉田嶺次郎さん。まず最初に仰有《おつしや》りたいことは」

第一問目は冷静沈着な前フリだった。

テレビの前の視聴者の皆さんに、あらかじめ言っておきたいことはありますか?

これは長与なりの配慮なのだ。これから始まる問答は、到底《とうてい》視聴者の常識では受け入れられがたい事実を含むとわかっていた。だから「前置き」をする機会を与えたのだ。

嶺次郎は一度大きく呼吸を整えると、おもむろに答えた。

「……お互い、本当はもうとっくに見えていることどもを、見えないフリするのは終わりにしようぜよ。わしらも表に出てきた。真の土俵《どひょう》に立つために」

長与は背筋を正した。これから自分は視聴者の代表でなければならない。視聴者が聞きたいことを訊《き》き、知りたいことを訊かねばならない。集中しろ。凝視《ぎょうし》しながら鳥瞰《ちょうかん》しろ。この男から聞き出すのだ。皆が知りたかった「真実」を。

「では最初の質問です。あなたがたは、何者なのですか」

単刀直入な問いだった。意表をつかれた嶺次郎だが動揺はしなかった。

「何者…と問われると、一言では答えにくい。少なくとも我々は、巷《ちまた》で吹聴《ふいちょう》されるような宗教団体であったことはないし、現代人に向けてウィルステロを仕掛けたこともない。仕掛ける動機もない」

「斯波英士《しばえいじ》氏の告発は事実ではないと？」

「事実じゃない」

「否定するのですね」

「否定する。仰木高耶は教祖でもなければ、赤鯨衆の代表でもない。斯波英士氏を拉致《らち》した事実はない」

「ですが斯波氏側は様々な証拠《しょうこ》を呈示していますが」

「何かの間違えでなければ、何者かの捏造《ねつぞう》だ。調べてもらえれば明らかになる」

「ではなぜあなたがたが犯人だと名指しされたのでしょう。斯波氏と仰木氏の間には何か確執のようなものでも」

嶺次郎はふと黙った。

隠し通した世界に切り込まねばならなかった。

「あの者は――斯波英士氏は、或《あ》る意味、我らと同類項にある人間」

「同類項？」

「我々赤鯨衆は――……」

嶺次郎はためらわず答えた。

「死者。すなわち、死んだ人間の集団じゃ」

スタジオ中が息を呑《の》む。だが嶺次郎ひとりは冷静にカメラを見つめ、

「わしの名は嘉田嶺次郎。永禄《えいろく》三年正月十三日、土佐国《とさのくに》長岡郡《ながおかぐん》本山村生まれ。父・宗五郎《そうごろう》、母・トシ。長宗我部《ちょうそかべ》を主に持つ一領具足《いちりょうぐそく》の家に生まれた。慶長《けいちょう》五年十二月十日浦戸《うらど》城下・御乗瀬にて討ち死」

戸籍でも読み上げるような淡々とした口調だった。

「後の記録では、首は浦戸城下の辻に晒《さら》された後、その年の大晦日《おおみそか》、塩漬けにされて大阪《おおさか》の井伊直政《いいなおまさ》のところに送られたとある。山内一豊《やまのうちかずとよ》の入国に抵抗した浦戸一揆《いっき》の参加者じゃ」

「ちょっと待ってください。慶長五年というと、関ヶ原《せきがはら》があった年ですか。今から四百年前ということになります！」

「ああ、その通り。わしは四百年前に死んだ人間じゃ」

スタジオ中がシンと静まり返った。

調整室のディレクターたちも声がない。

テレビの前の視聴者たちも。

「しかし……あなたはこうして生きているではありませんか」

「憑依《ひょうい》しちょるんじゃ」

長与の問いに嶺次郎の答えは簡潔だった。

「いま喋《しゃべ》っちょるわしは、この肉体を借りちょる人間じゃ」

「多重人格？　あなたは多重人格者ではないのですか」

「違う。二重人格とか多重人格とか、端《はた》から見ればそう見えるかもしれんが、中身の方は全く違う。証拠にその気になれば別の人間にも取り憑《つ》ける。これは憑依というんじゃ」

一蔵と国領と佐和子たちも、テレビの前に立ち尽くして、食いつくように画面を見ている。その後ろからはホテルの従業員も仕事を忘れて見入っている。

「――…わしは四百年前に死んだが、成仏《じょうぶつ》できず、怨霊《おんりょう》となってこっちの世に残っちょった。それが今から十年ほど前。かつて戦《いくさ》で戦うた安芸《あき》の霊が我らの村に侵入してきて、霊同士の争いが起きた。わしも屈服すまいと思い、抵抗したのが最初じゃった。こうして憑依するようになったのは」

放送を見ているのは、佐和子たちだけではない。

熊本《くまもと》の三池《みいけ》家では、三池哲哉《てつや》と晴哉《はるや》が。

新宿《しんじゅく》東口の大型ビジョンの前では、群衆と共に佐伯邃子《さえきりょうこ》が。

名古屋《なごや》のテレビ局のロビーでは、高耶の同級生だった矢崎徹《やざきとおる》が。

「そがいな風に争いに巻き込まれた死者の霊が、四国にはぎょうさんおる。赤鯨衆は、長宗我部の一領具足を中心に結成した死者の集団だったがじゃ」

放送を流す各地のテレビ局では電話が一斉《いっせい》に鳴り始めていた。どれも嶺次郎の発言に対する怒りの電話だ。「ふざけるな！」「新興宗教の血迷いごとだ！」「ちゃんと真面目《まじめ》に話せ！」

二階堂麗子《にかいどうれいこ》は警察庁の庁舎で放送を見ていた。

（……死者が自分を語っている）

嘉田嶺次郎は語る。

「わしは死んだ。しかし精神だけは、こうしてここに生きちょる。こうやって生きちょる死者がこの国にはたくさんいること、今も生きちょるあんた方にまずは認めて欲しいんじゃ。わしらが生きちょることを事実として認めて欲しい。それを伝えるために来た」

歯科医院の待合室では「テレビを見ろ」と携帯電話をかけまくっている患者の横で、歯科衛生士姿の森野紗織《もりのさおり》もモニターを見上げている。

前橋《まえばし》の自宅では、浅岡麻衣子《あさおかまいこ》も番組に釘付《くぎづ》けになっている。

「赤鯨衆はそういう、今も生きちょる死者の居場所じゃ。いや、あえて精神生存者と呼びたい」

嶺次郎は熱くなりかけた口調を、深呼吸ひとつして、いくらか抑えた。

「赤い鯨の衆と書いて赤鯨衆。我らは宗教団体などではない。余所《よそ》の霊に潰《つぶ》されんために結束する必要があったのだ」

「それでは赤鯨衆の構成員は全員、その……死者、なのですか」

「……。九割以上は死人じゃ。どこにも属さぬ霊を受け入れちゅう」

「死者の間で戦が起きたというのはどういうことなのですか」

「霊同士がお互いを屈服させようとしちょる。中心にいるのは戦国時代の霊どもじゃ。しかしそれがどうして起きたのかは我らにもわからん。四国だけではなく、日本全国で、そういう現象が約十年前から起こっちょったはずじゃ。ここ十年ほどの間に各地で今以《もっ》て説明のつかぬ怪事件が起きちょる。あんた方も記憶しちょるじゃろう。それのことだ」

「私には、俄《にわか》に理解できないのですが」

「無理もない。わしも当事者でなければ一笑に付す」

「教団内でのみ通じる信教の範囲の物語……とみなされてもおかしくないのでは」

「疑う者は四国に来るとええ。その目で見れば納得する。現《げん》に、今のわしの話を、四国の人々は誰も否定せんじゃろう。彼らは毎日、四国八十八カ所札所を巡礼する死者たちを当たり前のように見ちょる。外の人間でも話だけは聞いちょるはず。『四国に行けば死者に会える』。現に会いに来た者もいるはずじゃ。いや、事実は、死者の霊は日本全国同じようにいる。どこにでも、いる。四国ではそれが目に見えるというだけの話じゃ」

武田屋敷では、美弥もその放送を見ることができた。

美弥は完全に顔色を失っている。

（お兄ちゃん――……）

「わしら赤鯨衆は、今も戦いおうちょる精神生存者を四国に受け入れる者。現代人の社会に対し、ウィルステロなど行う理由がない」

スタジオのスタッフは半信半疑で声もない。

長与ひとりが冷静だった。

「私は神護寺《じんごじ》であなたの仲間だという、兵頭隼人《ひょうどうはやと》という人に話を聞きました。彼もあなたと同じことを言っていた。しかも彼はAPCD症候群はウィルスによるものではなく、霊の憑依だと言っていました。テロの前にウィルスそのものが架空《かくう》であると。あなたも同じ考えですか」

「………。同じ考えじゃや」

「わかりました。仮にあなたがたが死者であると認めましょう。あなたのように憑依を日常的に行っている人間は、その方の肉体を故意に占領《せんりょう》しているわけです。害意があるとしか思えませんが」

「こうやって対等におんしらと話すためには、肉体がなければできん。霊は霊態では論理的な思考ができんきの」

「その憑坐《よりしろ》の方の許可はとったのですか」

「………」

「とっていないのですね。実際その方の意志を無視して犠牲《ぎせい》にしている以上、あなたがたの社会への害意を疑わないわけにはいかないのです」

嶺次郎の表情がわずかに強《こわ》ばった。

「あなた方は——……死者は、生きている肉体が欲しい、そういうことはありませんか」

長与は注意深く質問する。

「死んだけれども生に執着して、あわよくば生き返りたい。違いますか」

嶺次郎は醒めた眼差《まなざ》しで唇を閉じた。

「……わしらは生きている人間たちに敵意を探られるために出てきたわけではない。我らのような肉体をなくし、精神だけで生きている者がいることを知らせ、斯波英士の告発が偽証であることを訴《うった》えたかったのだ。我らはテロリストではない。拉致《らち》に関してもテロ疑惑に関しても、赤鯨衆は潔白《けっぱく》だ」

「害意がないなら言い切れるはずです」

「怨霊がこの世に残るのは、生に執着があるからだ。未練とも恨《うら》みともいうかもしれない。しかし我らは十年間のうちにその段階を脱した。今は、あんた方と同様、生きていたいという願いを抱いている。だがだからといって必ずしも肉体は必要ではない。なぜなら我らは四国にある限り肉体を必要としない。四国結界の中ならば、霊のまま、生きちょる頃と変わらず生きられるからだ。わしは——四国から出て、生きるつもりはない」

「では四国に戻ったら、憑依をときますね」

すぐに答えられずに、嶺次郎は長与を睨《にら》み付けた。

「とくんですね？」

その場面を、この男もブラウン管越しに見つめていた。

斯波英士である。

新東海放送の社屋の最上階の社長室に、斯波はいた。隣には森蘭丸《もりらんまる》を伴っている。斯波は黒革のソファの肘掛《ひじか》けに凭《もた》れながら、薄笑いを浮かべて見つめている。

「……いいぞ。本音を吐いてしまえ」

と斯波は画面に向かって呟《つぶや》いた。

「他人から奪いあげても、この肉体で生きたいのだと、本音を吐いてしまえ」

だが、長与はわざと答えを待たなかった。問いをぶつけた瞬間の嶺次郎の表情が答えだと言うように、長与は次の質問に移っていった。

「わかりました。次に、拉致疑惑についてですが――」

質問は続いていく。斯波英士こと織田信長《のぶなが》は、自分の偽証が崩されることはなんとも思わないのか、余裕の表情でやりとりを見守っている。

「……見事に餌《えさ》にくいついたな。赤鯨衆」

(潔白を晴らしたくて正体を見せることが、本当の戦争の始まりなのだ)

信長は何もかも計算ずくの上だった。本当の憎悪《ぞうお》はここから生み出されていくのだ。

「おまえたちは所詮《しょせん》わかりあうことなどない。生き人の憎悪を一身に受けて、滅《ほろ》んでしまえ。赤鯨衆」

その前に、と信長は口端をつり上げた。

「四国が沈むかな」

信長の冷笑を、蘭丸が戦慄《せんりつ》をこめて見守っている。さすがの蘭丸も近づくのを躊躇《ためら》うほど、信長は迫力が増した。主人への忠誠は畏怖《いふ》へと大きく傾《かし》いでいる。信長の狂気を身を以《もっ》て知った蘭丸だ。しかも恐ろしさは日に日に大きくなるばかりだ。生前、第六天魔王《だいてんまおう》を名乗りだした頃のエスカレートしていく信長の精神状態を思い出し、蘭丸はますます不安になってきた。

（この方はどこまでいくつもりだろう）

画面では長与と嶺次郎の丁々発止《ちょうちょうはっし》のやりとりが続いている。信長はリモコンを手にとって、ビデオ録画のスイッチを押すと、立ち上がって隣の部屋に向かった。ドアは二重になっている。指紋照合式のロックを開けて、信長は二重ドアの奥へと足を踏み入れた。

天井から男が吊《つ》り下がっている。

体中にひどい傷がある。

吊られた男が、わずかに顔をあげた。

「テレビ局ン中にSM部屋があるたぁ……なんつー社長だよ……斯波さんよ」

武藤潮《むとううしお》だった。

石上《いそのかみ》神宮で兼光晋吾《かねみつしんご》に捕らえられた潮は、信長のもとへと連れてこられていたのだ。手を縛り上げられて、手酷《てひど》い暴力を受けた。意識は朦朧《もうろう》とし、指先はとっくに痺《しび》れきっている。

「これでも賓客《ひんかく》として迎えたつもりだが？」

「シュミのわりぃもてなしだ…っつーてんだよ……」

「馬鹿な男だ。安芸国虎《あきのくにとら》」

と信長は原名《げんめい》で潮を呼んだ。彼が怨将《おんしょう》であることはとうにお見通しということらしい。潮はケッと顔を背《そむ》けた。こんな男に捕まった自分が情けなかった。

「赤鯨衆などに入らず素直に織田につけば、一廉《ひとかど》の武将として取り立ててやったものを」

「……言っとくが、俺なんか人質にとっても、仰木は……ぜってー応じねえぞ……。そんな甘いヤツじゃねーから……よ」

「人質でも玩具でも同じ事だ。それに、景虎の動きは一挙手一投足全《すべ》て見えている」

「見えて……る？」

「私には三つ目の眼があるのだよ」

意味深げに、信長が悪魔のような冷笑を浮かべる。潮は数秒呆然となったが、すぐに眼に力を込めて、

「てめえがカオルだったとはな」

と呻《うめ》いた。どうりで石上神宮にいたわけだ。死返《まかるかえ》りをやってのけたのもこの男だ。兵頭も清正《きよまさ》も綾子《あやこ》も丹敷戸畔《ニシキトベ》の大霊に乗っ取られてしまった。ＡＰＣＤのことも熊野のことも、全部はこの男の掌《てのひら》の上で踊らされていたということか。

（熊野の連中は誰も斯波《こいつ》がカオルだと気づかなかったのか？）

整形でもしたのか？　と潮は睨み付けながら様々に勘《かん》ぐる。

信長はひたすら冷ややかに微笑している。

「蘭丸。残った神はあと何柱だ」

「あと十九にござりまする」

信長は潮に近づいて、立てかけてあった鞭《むち》を手に取ると、その先端で潮の顎《あご》を持ち上げた。

「だそうだ。赤鯨衆。熊野が燃えるまで、もうあと残り十九しかないぞ」

「摂理《せつり》の変革って何のことだよ……布都御魂《ふつのみたま》どうする気だ…ッ。てめえの本当の目的は一体なんなんだ、この変態野郎！」

「流された神々が戻るとき、世界の医学書と法律書は『死』の定義を書き換えねばならなくなる」

地底から響いてきたかと思うほど低い声だった。

潮はゾクッと震えた。

信長は、悪魔でさえも逃げ出すほどの恐ろしい眼差《まなざ》しをしている。

「この日本は素晴らしい臨床《りんしょう》結果を残してくれた。この世界は、やがて肉体の死と精神の死が一致しなくなる」

「な……に」

「強き霊魂のみが優《すぐ》れた遺伝子の肉体を選べ、強き霊魂のみが不死を得る。人為《じんい》の通らないものはこの世からなくなる。運命という語句も、やがては辞書から消えるだろう」

（こいつ……）

潮は朦朧《もうろう》とした頭を必死に稼働《かどう》させ、

（――《闇戦国》を世界に広げるって、まさか……ッ）

そうこうする間に蘭丸が注射器を持ってきた。信長が手にとってアンプルを割ると、中の注射液を針先から吸い上げた。

「これが何かわかるか」

薬殺でもする気か、と潮が身構えた。

「注射液の中に小さなコイルのようなものが入っているだろう？　これは最先端技術で世界最小の医療用ロボットだ。電磁石の働きで動きを外からコントロールできる。本来は癌《がん》の切除などに使われるが、使いようによっては体の内部から破壊することも可能だ」

「な……ッ。おい、よせ！」

抵抗も虚《むな》しく腕を押さえられてしまう。《力《りょく》》も使えない特別室だ。信長は手荒な手つきで太めの注射針を潮の腕の血管に刺した。

「つうっ！」

ゆっくりとピストンを押し込みながら、信長は冷酷に笑った。

「これでおまえの体内を支配したも同じだ。内部から内臓を刮《そ》ぎ取っていくのはさぞ面白《おもしろ》い拷問だろうな。馬鹿なことは考えるなよ。私に背けば、こいつで心臓の弁を破る」

コイル状の蟲《むし》は、潮の血液に乗って体内を巡る。凄まじい嫌悪感に襲われ、潮は真っ青になってしまった。そこへ、

カオル様、と隣の部屋から信長を呼びに来た者がいた。見れば迷彩服に身を包んだ兼光晋吾《かねみつしんご》ではないか。

「ヘリの用意ができました。屋上の方へ」

「わかった。安芸国虎。おまえは影三星《かげさんじょう》の生《い》け贄《にえ》にしてやろう。せめてもの武士の情けだ」

信長は肩越しに振り返り、狂気めいた微笑を浮かべている。

「有《あ》り難《がた》く思えよ」

出ていく信長を、潮はひたすら戦慄《せんりつ》したまま見送ることしかできない。扉が閉まる直前、最後に退室する兼光を見て、我に返ったように潮は怒鳴った。

「これでいいのか、兼光！　考え直せ、復讐《ふくしゅう》で一体何人殺せば気が済むんだ！」

背中に投げられた声に、兼光は足を止めた。

「その背中の人面疽《じんめんそ》、あんたが流されたヒルコたちの恨みを背負ってるのはわかる。だけど、あんたの家族を殺したのは本当に那智《なち》の者だったのか？　あんたは誰かにはめられたんじゃないのか！」

「な……ッ」

「現場に神璽《しんじ》があっただけなんだろ？　もしかしたら那智の者の仕業だと思いこませたいヤツの仕業じゃないのか！　あんたに那智の者を殺させるために！」

馬鹿《ばか》な、と言って兼光が振り返る。潮は渾身《こんしん》の声で畳《たた》みかけた。

「那智の者がいたら困る人間かもしれねー！　そいつはあんたを利用して……！」

そこから先の言葉は紡《つむ》げなかった。潮の体に手首から猛烈な電流が走ったせいだ。電気ショックをくらって、潮はぐったりとうなだれてしまう。スイッチに手をかけているのは蘭丸だ。

「耳を貸してはいけません。真実はあなたの背中の人面疽が全《すべ》て語っている」

行きましょう、と蘭丸は兼光を誘った。兼光は強ばる表情で断ち切るように目をつぶり、三本目の腕を折り曲げて、心臓の前で小さく十字を切った。潮はピクリとも動かない。

扉はゆっくり重く閉まっていった。

＊

一方、そんな放送が日本中を激震させているとも知らず、白峰では崇徳院の鎮魂《ちんこん》が暗礁《あんしょう》に乗り上げていた。いっこうに決め手を見いだせない状態で、無茶をしたのは千秋である。

白峰御陵の亀裂の中に飛び込んだ千秋は、噴き上がるマグマのど真ん中にあった。

（くっそ！　なんてパワーだ）

とんだ無茶をしたものである。溶鉱炉の中に飛び込んだようなものだ。霊体の千秋にも尋常《じんじよう》でない高熱が感じられた。むろん長くは留まっていられない。短時間で決めなければ。

（本体はどこだ）

赤黒い灼熱《しやくねつ》のマグマの中に千秋は泳ぐような態勢で潜っていく。深い。この奥に崇徳院の霊魂があるはずだ。そいつと接触し、直接働きかければ、暴走を止められるかも知れない。

（あれか？）

このあたりは御陵の真下あたりらしい。底のほうに、ゆらゆらと揺れる人影のようなものが見える。ムンクの「叫び」の実写版とも言える姿だった。

人間が吠《ほ》えている。獣《けもの》じみた咆哮《ほうこう》を張り上げている。

千秋は近づいていった。途端に小さな電撃のようなものに阻《はば》まれたが、かまわず千秋は押し進んでいった。霊が吠えている。

《あんたが崇徳院――顕仁《あきひと》さんかい》

衝撃波のように崇徳院の思念が押し寄せてきて、千秋は思わず体を庇《かば》った。

滅ボシテヤル、コノ国を！

五部ノ大乗経ニテ積ンダ功徳《くどく》ヲ三悪道ニ投ゲ込ミ、以《もつ》テ日本ノ大魔縁トナラン！

皇ヲ取リテ民トナシ、民ヲ取リテ皇トナサン！

崇徳院は憤怒《ふんぬ》に我を忘れている。下手《へた》に触れれば、こちらまで身を焼かれそうだ。千秋は慎重に崇徳院の霊に波長を合わせ、

《おい、落ち着け。そんなに暴れたら霊魂《れいこん》磨り減っちまうぞ》

容易には宥《なだ》められない猛獣《もうじゅう》を相手にするようだ。千秋は殊更《ことさら》慎重に、

《怒るのには結構、力がいるもんだ。いいから少しこちらに目を向けてくれ。なあ》

こうなると完全に猛獣だ。今にも飛びかかりそうな気配を宿しながら、崇徳院の霊がようやく千秋に気づいたようだった。ギロリと睨まれた気がして、千秋は軽く竦《すく》み上がった。

(おっかねー……)

これはやはりただ者ではない。

《なんで今頃になってこんなに暴れだすんだい？　ついこないだまでおとなしかったじゃないか。何をそんなに怒ってるんだい》

我ガ魂ヲ、何者カガ踏ミニジリ、弄《もてあそ》ンダ。

国中混乱ニ陥レテヤル、大魔縁トナリテ騒擾《そうじょう》ヲ呼ビ起コス！

《落ち着け！　あんた、誰かにわざと刺激されたんだ。誰かがあんたを利用したがってるんだよう！》

千秋は怒鳴った。

《いいか、気ぃ鎮めてよく聞いてくれ。あんたはもう怨霊じゃない。大魔縁だったのは過去

だ。京の連中があんたのためにこんな立派な陵を築いたのは、あんたを畏《おそ》れてたからだ。あんたへの罪滅《つみほろ》ぼしのつもりなんじゃねーのか！　あんたの怒りはもう充分みんなに伝わってんだ！》

モウ遅イ。

と崇徳院が返した。

我ハ誓願《せいがん》のトオリ、大魔縁トナッタ。

上ハ帝釈梵天《たいしゃくぼんてん》、下ハ堅牢地神《けんろうちしん》ニ至ルマデ、我ガ誓願ニ合力タマワッタ。

戻ルコトナドデキヌノダ！

《くうっ！》

雷鳴のごとき思念が千秋を一気に押し流す。とても触れるどころではない。この天皇霊は容易な浄化ができないほど、身も心も天狗《てんぐ》と成り果てている。

《手に負えねえ！》

渦に押し流されて千秋はどうにか崖《がけ》のへりにつかまった。マグマの温度は上昇している。それは即《すなわ》ち怨念のエネルギーが高まっているとの証拠だ。暴走した天皇霊の恐ろしいところは怨念のエネルギーが過去に受けた鎮護《ちんご》国家《こっか》呪法の影響で、人の数倍にも跳《は》ね上がるというところだ。

《くそ！　あんたが暴れたら、四国がやばい！　大勢の人間が死ぬんだぞ！》

崇徳院は聞く耳を持たない。いっそう激しくマグマが噴き上がる。千秋は霊体中が沸騰《ふっとう》しそうになって思わず身を縮こまらせた。

白峰の亀裂がどんどん広がっていく。山全体が流れ出した怨念のマグマで真っ赤に染まっていた。見守る百兼と卯太郎も、為《な》す術《すべ》がなく震えるしかない。

千秋はマグマの中から脱出できない。指先がただれていくのを見て、千秋は呻《うめ》いた。

《くそ……ったれ……》

崇徳院が髪を振り乱して地表に這《は》い出てくる。マグマが盛り上がって、咆哮は瀬戸内海《せとないかい》にまで響き渡った。

白峰の結界点はもう限界にまで達している。

*

時間がかかりすぎている。

当初の約束だった、二十分の放送時間はとうに過ぎていた。

放送局側がギリギリまで引き延ばしているに違いない。時計の針はもう三十分を回っている。中川は焦りだしていた。

(あまり引っ張りすぎると、この場所を現代人がつきとめてくる……ッ)

だが長与の執拗《しつよう》なインタビューは止まらない。

「つまり仰木高耶という人だけは現代人なんですね。怨霊ではなく、正真正銘本人なんですね。なぜ仰木高耶氏はあなたがたの仲間になったのですか」

中川は業《ごう》を煮やして、ディレクターに詰め寄った。

「放送を終わらせてください！　約束の時間が過ぎています！」

しかし恐ろしい視聴率を叩き出しているためか、放送局側はいっこうにやめる気配を見せない。このままではこっちの身が危ないのだということを、中川は訴えたが、知る権利を楯《たて》に局側も譲《ゆず》らない。

嶺次郎もだいぶ疲れ始めている。不用意な言葉を口走ったら言質《げんち》をとられかねない。

そうこうしているうちに、放送局の外が騒がしくなってきた。ここを突き止めた現代人達が集まり始めたのだ。右翼団体の街宣車が乗り付け、集まる人々の激しいシュプレヒコールで建物の周りは騒然となってきた。外の警備についていた真木から中川の携帯に連絡が入った。

『危険です、中川さん！　暴徒が集まり始めています。嘉田さんの放送をやめさせてください。そろそろ脱出しないと！』

「わかっちょる。やめさせる！」

スタジオに戻って中川は必死に嶺次郎に合図を送った。嶺次郎の目線も中川を拾ったようだ。「暴徒が来ている。危険だ」と中川がジェスチャーで伝えると、嶺次郎の顔つきも険しく

なった。無理矢理でも終わらせないと、まずいことになる。嶺次郎は思いきって、

「……この続きはまた次回にしよう。こちらも自分の身は己《おのれ》で守らないといけないのでな」

そこで初めて長与は気づいたようだった。スタジオの外が騒がしい。そう、ついに暴徒達は警備員を押し分けて、建物の中に押し寄せてきたのだ。

「いかん、CMだ。CMに切り替えろ！」

とディレクターが叫ぶ。建物内が騒然となってきた。スタジオに暴徒がなだれ込んできたのとタッチの差で、放送の画面が切り替わった。

「セキゲイ宗の首領はどこだ！　八つ裂きにしろ！」

「信徒どもを捕まえろ！」

スタジオは大混乱になった。突入してきたのは、武器のようなものを手に手に携《たずさ》えた若者や中年男性だ。いったいどういう情報網があるのか、放送開始からたった三十分でこれだけの暴徒が集合してしまうとは！

「嘉田さん！」

ただちに中川は行動を起こしていた。嶺次郎も俊敏《しゅんびん》だった。暴徒がなだれ込む寸前に席を立ち、中川と共に反対側の非常ドアへと走った。

「お、おい、なんだてめえら！」

怒鳴る長与も暴徒の勢いに呑《の》み込まれていく。

「こっちだ！　こっちに逃げたぞ！」「逃がすな！」

嶺次郎も中川も丸腰だ。ここで現代人に武器を向けるわけにはいかない。搬入口を塞《ふさ》がれ、別のドアから廊下を走った。携帯電話がつながっている真木に、

「脱出できる出口はどこじゃ、誘導しろ！」

「裏手にも暴徒が来ています。職員用の裏受は使えません。駐車場もすでに封鎖されています！　地下食堂の調理室から上に出る階段があるはずです。そこの勝手口に車をつけます！」

嶺次郎と中川は非常階段を地下まで下りて食堂へと走った。途中暴徒とおぼしきものが嶺次郎たちに襲いかかってきたが、嶺次郎は念で弾き飛ばした。食堂に飛び込んだ中川達は、銃声と窓ガラスの割れる音を聞いて身を竦《すく》めた。誰かが猟銃を発砲したらしい。

（いかん！）

「こっちです、嘉田さん！」

ふたりは高さ五十センチほどの窓になっている料理の受け渡しカウンターに体を滑り込ませ、向こう側の調理室に飛び込んだ。直後に暴徒達が食堂になだれこんできた。職員が悲鳴をあげて逃げまどう中、立て続けに間近で銃声が響いた。蛍光灯が割れて白い煙がまき散らされ、食堂中が煙っぽくなった。

「いたぞ、こっちだ！」

調理師らを跳ね飛ばす勢いで嶺次郎たちは逃げた。皿や料理が音をたてて散乱した。

「嘉田さん！」

勝手口に真木のワンボックスカーが待っていた。嶺次郎と中川は転がるように乗り込んだ。

「あれだ、追え！」

タイヤを鳴らして嶺次郎たちの車は急発進した。飛び出して、いくらもしないうちにすぐ、追跡車が現れる。ただの暴徒ではない。なんたる執念だ。

「振り切れるか、真木」

「どうにか。しかし――」

無事、明石《あかし》海峡大橋を渡れるかわからない。

追跡車はどんどん増えてくる。

「何の情報網じゃ、こりゃあ」

「組織だってるとしか思えません。もしや『闘うハトの会』とやらの連中では」

「チイッ」

連中が連絡を取り合っているとしたら、先回りされている可能性もある。このままでは囲まれる。下手をしたら外地から出られない。ここは神戸市内。明石までまだ距離がある。四国と本州を結ぶ明石海峡大橋。だが橋を塞がれたらそれまでだ！

「駄目じゃ、橋は使うな。港に行け！」

「港？」

「このあたりで一番近いマリーナを探すんじゃ。間違ってもコンテナ埠頭《ふとう》には行くなよ」

横から飛び出してきた車に危うく衝突されそうになった。真木の鋭敏なハンドル捌《さば》きでぎりぎりよけたが、相手は追跡車のひとつだったらしい。先回りをされている。

「成程《なるほど》、これでは明石大橋は漁師の網に突っ込むようなもんですな！」

と言って真木は六甲山《ろっこうさん》側から海へと車を向けた。中川が必死で地図を操り、港を探している。

「ありました、嘉田さん！　須磨《すま》の近くにヨットハーバーがあります。ここならモーターボートの二、三台はありそうじゃ」

「よし、いけ！」

真木がアクセルを踏み込んだ。

脱出口は海しかない。神戸の海がフロントガラスいっぱいに見えてくる。

第二十七章　神剣・布都御魂

戦闘はついに始まった。予想以上の激戦となった。

那智《なち》の滝の五重結界《けっかい》のうちの二枚を破ったところで、ついに「兵隊」が現れた。高耶《たかや》たちが本宮《ほんぐう》大社でやりあった、あの丹敷戸畔《ニシキトベ》の子孫——熊野《くまの》タタラ衆たちである。高耶たちには一度煮《に》え湯を飲まされた彼らは、今度こそ本気で首を取りにかかってきた。

「畜生《ちくしょう》……ッ、なんじゃ、あの火の輪っかは！　全然前に進めんではないか！」

那智川の下流からあがってきた兵頭隊《ひょうどうたい》も、例の鉄火輪に苦しめられている。凶暴な輪刃はまるで熊蜂《くまばち》のようにブンブン飛び続け、そこから先へ通そうとしない。業を煮やして兵頭が、

「わしが援護する。久富木《くぶき》、おんしらは構わず突っ込め！」

言うや否や、飛び出して岩の上から念ライフルをぶっ放した。襲《おそ》いかかってくる鉄火輪を、目にも留まらぬ速さで撃ち落としていく。凄まじいクレー射撃の連射を見るようだ。

「よっしゃ、行くぞ！」

久富木が室戸《むろと》水軍の仲間を率《ひき》いて沢を駆け上がる。待ちかまえるタタラ衆——『砂羅《じゃら》の天《てん》

狗《ぐ》』達と衝突した。白兵戦《はくへい》となった。

一方の高耶たちも苦戦している。結界裂破《れっぱ》は三枚目に突入した。が、遅々《ちち》として進まない。岩田永吉率《いわたえいきちひき》いる第二隊がタタラ衆の攻撃を引き受ける間に「爆弾」を仕掛けねばならない。猛攻をかいくぐってようやく三つ目がセットできた。「退避！」と高耶の声が飛び、永吉たちが一斉《いっせい》に下がる。即席ダイヤを金剛《ヴァジラ》の咒《しゅ》で揺さぶりをかけ、その振動で鉱物結界を打ち破る。高耶はこれに不動明王《ふどうみょうおう》一字咒の真言《しんごん》を用いた。

「ナウマク・サンマンダ・バザラダン・カン！」

真言が起爆装置だ。点火したダイナマイトのごとく、ダイヤがドーンという爆発音をあげ、一気に強い衝撃波を放出し、結界を打ち破っていく。衝撃波で破られた後には、キラキラ光る銀箔《ぎんぱく》のようなものがハラハラと落ちてきた。白金《はっきん》結界だった。第三の結界が消滅した。残るは内殻の二重結界のみだが、奥に進むにつれて結界はどんどん強固になる。そうこうするうちに丹敷戸畔たちが次々と現れ、鉄火輪を繰り出してくる。

「くっそー！　うざってー！」

楢崎《ならさき》たちも手を焼いている。これはもう一個一個撃ち落としていくしかないようだ。しかしキリがない。高耶は杉の根元を背にしたまま、インカムで綾子《あやこ》達と連絡を取りあった。

「こちら、正面隊。礼《れい》とはコンタクトとれたか？」

『いま磯村《いそむら》さんが呼びかけてる。礼さんの消耗《しょうもう》が思った以上に激しいみたい。的射《まとい》を続けさせたら、下手《へた》すると礼さんの命が危ないわ』

「錠はあと三つか。わかった。なるだけ早く突入する」

それと、と綾子が言葉を継いだ。

『神璽《しんじ》の烏《からす》が残り二十羽を切ったわ。急いで。もし本当に熊野が燃えることになったら、大変な数の人たちが巻き込まれる。むろんあたしたちも火の海の中よ』

「――どのくらいの範囲が巻き込まれる?」

『磯村さんとも話したんだけど、烏が皆死ぬとき熊野が燃える、というのは、熊野に古くからある言い伝えだったみたい。だから詳しいことは』

そして黄金の雨というのも、熊野では黄泉《よみ》を指す言葉だったらしい。金の雨を降らす、というのは、熊野修験者《しゆげんじや》の間では「呪殺《じゆさつ》」を意味する隠語でもあった。

『熊野の烏神璽、元々は一種の監視票だったんじゃないかって磯村さんは言ってる。伊勢《いせ》神宮の外宮《げくう》の神と数が同じとかって』

「監視? 神の数の?」

『うん。熊野にはそういう役目があったのかも。トオルさんの板神璽は、熊野三山が持つ秘密神璽の写しなんだそうよ。大斎原《おおゆのはら》を擁《よう》する熊野だけに、そういうシステムが組まれてたのかもしれない。裏書きの字が新しいのは多分、本宮大社が大斎原から遷座《せんざ》した時に書かれたせいじゃないかって。もし神が消え始めたら、布都御魂《ふつのみたま》を使えって意味をこめてるかもしれないって磯村さんが』

「那智の者は、神が消されるのを予想してた？」

『うん。てゆーか、熊野の言い伝え自体がね、大斎原の復讐《ふくしゅう》を指してるんじゃないかって。大斎原が〝天孫《てんそん》に滅ぼされた神の墓〟だってことも、それに、戻りヒルコが大斎原の霊と感応しやすいことも、昔から知られてたことみたい。憎悪《ぞうお》が憎悪に共鳴するというか……』

「両者が結びつくのを恐れてた」

『うん。だから余計に殺さなければならなかったのかもね。トオルさんは、カオルが大斎原の蓋《ふた》を開けたの知ってたようよ。大斎原には応《こた》えてはいけない死霊がいるってこと、那智の者なら知ってたはずだから、神社に金の雨が降り始めたって聞いた時、神々が彼らに呪殺されてるって思ったんじゃないかしら』

　そして、その時すでに、カオルが持っていたはずの「速玉《はやたま》大社」の神璽は、お鳥が減り始めていたはずだ。

（神が消えるとき、熊野が燃える……）

『言い伝えがどんな事態を指すのかはわからないけど、急いで。例の神武《じんむ》呪法の件と無関係とは思えない』

「わかった。こっちも急ぐ。カウントは続けてくれ」

　景虎《かげとら》、と綾子が呼び止めた。

『死んだら駄目よ』

高耶は微笑した。「死ねるかよ」と答えた。

「オレは最後までここにいるって連中に約束したんだ。全員看取《みと》るまで、死ねっかよ」

複雑そうな表情を浮かべて綾子が言った。

『気をつけてね』

『景虎。加藤《かとう》隊だ』

入れ替わりに清正《きよまさ》の声が飛び込んできた。

『いま滝上にいる。上流に簡易堰《せき》を築いた。滝の水量が少なくなったはずだ。確認できるか』

「ああ、確認した。これで神体も幾分《いくぶん》弱まる」

『いま銛《もり》の準備を進めている。そっちはどうだ。残りの結界は破れそうか』

「手強《てごわ》いな。でもなんとかする。用意ができ次第、連絡をくれ」

近くの木陰で仲間の援護中だった直江《なおえ》が、高耶のほうに転がり込んできた。

「顔色がよくありません。やはり那智大社に戻って指揮に徹した方がいい」

「それを言うならおまえもだろ。肋骨《ろっこつ》折れてるくせに」

強情な高耶は、陣頭指揮を降りるつもりはないらしい。すると直江が高耶の手首を無理矢理とって、手錠でもはめるように霊枷《たまかせ》をはめた。

「直江！……駄目だ、外せ！」

「気が乱れています。《力《りょく》》の暴走する兆《きざ》しです。あなたはこれだけにしてください」

と言って直江が押しつけたのは実弾入りの拳銃だ。兼光《かねみつ》が湯《ゆ》の峰《みね》で落としていった奴だ。

「拳銃は嫌だ。持ちたくない」

「私は死んでいません」

と直江はグリップを持つ高耶の手を上から握った。

「むろんあなたの身は私が守ります。あなたもこれで身を守ってください。護身用です」

「直江……」

「あなたの分は私が闘います。指示をください。背中から離れないで」

敵の猛攻はますます激しくなる。前方の杉の陰《かげ》から、隆也《たかや》が怒鳴っていた。

「どうすりゃいいんだよ、仰木《おうぎ》！　これじゃあ一歩も前に……ッ、！」

隆也がギョッと目を剝《む》いた。見てはならないものを見たとばかりに、慌《あわ》てて目線を逸《そ》らした。高耶が直江の胸ぐらを摑《つか》んで引き寄せたかと思うと、いきなり唇《くちびる》を奪ったのである。

「全部終わったら、一度越後《えちご》に帰ろう。直江」

と高耶が告げたので、驚いたのは直江だ。突然何を言い出すのかと思った。

「オレたちの原点だ。そして四国《しこく》に戻ったら、一緒に暮らそう。海が見えて、風が吹いてるところがいい」

強烈な違和感に直江は動揺した。戦闘中に――いや戦闘中でなくても、こんなことを普段口にする高耶ではない。

「どうしたんですか、高耶さん……ッ」

「岬の近くに小さな家建てて、ふたりで暮らすんだ。時々みんなを呼んで」

「高耶さん！」

「美弥《みや》たちも呼んで。おまえの家族も呼んで」

というと、高耶は再び顔をあおのけて直江に深く口づけた。

直江は目を瞠《みは》った。かすかに唇を離し、高耶はかすれる声で囁《ささや》いた。

「永劫《えいごう》の孤独を、埋めてあまりあるほどの幸福を、おまえに」

ここが戦場であることを、一瞬忘れさせたほどだった。

直江は呆然とするどころか、愕然《がくぜん》としてしまう。

（あなたの眼に映っているものが、見えない）

いいや、嘘《うそ》だ。見えすぎるほど見えている。

「……歩くんじゃないんですか……」

直江は堪《こら》えきれなくなった。

「最後の一呼吸まで歩きつづけるんじゃないんですか！」

高耶は痛いような眼をしている。

爆破音があがった。振り返った高耶はもう戦闘の顔に戻っている。

「一気に結界を破って、大霊を捕獲する。もう時間がない。おまえはいざという時《調伏《ちょうぶく》》できる態勢を作っておけ。行くぞ」

と言いながら拳銃のスライドをジャキリと引き、高耶は獣のように飛び出した。高耶の中に芽生《めば》え始めた「終わりへの身支度」の気配が直江の恐れを増幅させる。戦闘のただ中に身を投じる以外に今は耐える手段がないとばかりに唇を噛《か》むと、直江も猛然と飛び出していった。

＊

「嘘だ……また結界が破られた！」

滝壺の前の礼拝所にいた司《つかさ》が、驚愕《きょうがく》の声をあげた。まだ誰にも破られたことのない丹敷呪法の鉱物結界が、次々と破られていく様を、司は信じられない思いで見つめている。

「馬鹿《ばか》な！　この結界は核攻撃にも耐えるほどなのに！」

「親方！」

霞美《かすみ》が血相を変えて駆けてきた。

「沢の下流からも襲撃してくる輩《やから》がいます。滅法《めっぽう》腕の立つ射手がいて、いくら鉄火輪を飛ばしても歯が立ちません！」

「こうなったら除火の術を解いて森を燃やしましょう、親方！」

「うろたえるな!」

と怒鳴ったのは、タタラ衆の親方・遠里《とおり》なる男だった。

「我々には偉大なる丹敷戸畔の祖霊がついている。刃向かう者を必ず祟《たた》ってくださるだろう。我々は怯《ひる》んではならん」

だがその大霊が神体とする滝も、先ほどから水量が極端に減り始めている。彼らの丹敷呪法は物質の融解《ゆうかい》・凝固《ぎょうこ》を自在に操ることで、疑似《ぎじ》肉体を生み出すことも可能だ。脳細胞とよく似た器官を在り物の物質から創《つく》り出す。液体人間が喋《しゃべ》ることができるのは、この恐るべき呪法を用いたおかげなのだ。

天孫族が編み出した死返《まかるかえ》りの再生法も、実は丹敷呪法を取り入れたものだった。天孫族は、自らが滅ぼしてきた部族の技術や呪術を搾取《さくしゅ》し、その力で繁栄してきたのである。

「ダガ、ソノ歴史モ、今日デ終ワリダ」

後ろからあがった声に司たちが驚いて振り返った。礼が起きあがっている。的射《まとい》を行うも、体力が足りず倒れ込んでいた礼だった。その礼に、大霊が霊波《れいは》同調しているのである。

「奴ラノ武威《ぶい》ノ象徴・布都御魂《ふつのみたま》ハ我ガ胸ニアル」

神寄せだ……!　司は興奮した。そうか。この子は巫女《みこ》なんだ!

「天孫ドモノ手カラ熊野ヲ取リ戻スノダ。丹敷戸畔ハ負ケナイ!」

高天原《たかまがはら》の武威は掌握《しょうあく》した、と礼が宣言する。司はこの小さな神の代弁者を眩《まぶ》しい思いで見た。

「そうだ、僕らには彼らがついている。恐れることはないんだ！　仰木高耶の首をとれ！　カオル様に差し出すんだ！」

檄《げき》を飛ばされ、闘志を甦《よみがえ》らせたタタラ衆たちが力強く走り出していった。神体を背中に礼は神々《こうごう》しく辺《あた》りを見回している。司は目を奪われた。女神が降臨したようだと思った。

（カオル様の御子は、やはり我々のアマテラスなんだ！）

そう思った時だった。司の脳を奇妙な震動が襲ったのは。

（！　……なんだ、今の）

脳全体に梵鐘《ぼんしょう》が鳴り響くような感じだった。視界が細かく揺れて、意識の表面に波紋が広がる。ほら、また鳴った。一定間隔に襲ってくる。そのたびに脳全体が震えている。

「どうした、司」

頭を押さえる司を怪訝《けげん》に思って遠里が覗《のぞ》き込んでくる。「いえ、なんでも」と答え、

「時折意識が乱れるのです。何か、外で鳴る鐘に頭の中が揺さぶられるような」

今度はだしぬけに維盛《これもり》の記憶が甦った。桜の舞う典雅《てんが》な舞台で、踊る維盛の場面だった。

（また鳴った！）

今度は合戦《かっせん》の場面だった。雄々《おお》しく名乗りを上げる維盛。鎧《よろい》の重さまで肩にズシリと甦る。鐘の一鳴りごとに何の脈絡もなくランダムに、維盛の記憶が甦る。止めようとしても止まらな

いのだ。誰かに脳のチャンネルを廻《まわ》されているようだ。しかも自分では止められない。

(誰だ！　誰が僕の脳を弄《もてあそ》んでるんだ……ッ)

フッと司は顔をあげた。近づいている。音叉《おんさ》が鳴り出すように、自分の脳が何かと共鳴反応を起こしているのだと司は気づいた。これは一体何なのだ！

「う……ああ！」

──維盛。

ほんの一瞬、司の目の前に映像が広がった。琵琶《びわ》法師だった。今のが共鳴している相手の姿なのか。またフラッシュバックした。同じ人間だ。だが維盛の記憶にはない男だ。

「誰だ、おまえは誰だ！」

──共鳴しているのは、おまえの記憶だ。

琵琶法師が語りかけてくる。

──私の魂魄《こんぱく》の記憶とおまえの脳の記憶とが、共鳴しているのだ。

(どういうこと……ッ)

──同じ記憶が共鳴しているのだ。

「まさか……ッそんなことが！　あんたは一体！」

途端に背後に人の気配を感じて、司は振り返った。すぐ後ろの岩の上に、ボロボロの衣をまとった琵琶法師が立っている。

わーん、と二人の間で奇妙な共鳴が起こった。共鳴りする脳が制御不能になり、維盛の記憶が大量の画像となって甦ってくる。司は悲鳴をあげてその場にうずくまってしまった。

「おい、どうした！　司、しっかりしろ、司！」

＊

（礼さん、聞こえるか、礼さん！）

磯村テルは焦《あせ》り始めていた。那智大社から礼に呼びかけているテルだ。肉体の主導権を丹敷戸畔にとられてしまった礼は、まるで殻《から》の中の雛《ひな》のように何の反応も返さない。

（答えてくれ、礼さん！　カオルのために的射《まとい》をしてはあかん！　熊野が燃えるまで、もういくらもないんや！　出てきてくれ、礼さん！）

テルは必死だった。この呼びかけに命をかけていた。礼は熊野の神の子だ。これを守り抜くのは、最後の審神者《サニワ》の使命だ。三本腕のヒルコから重野《しげの》一族を誰ひとり守れなかった。大斎原の遷座が決まった時から、いつかこんなことが起こるとは予想ができたはずなのに。

だが結局、熊野の審神者は無力だったのだ。熊野を知り尽くした審神者は、遷座を止められなかった。近代化の波に飲まれていく人々の心を動かすことはできなかった。

（死者と寄り添う熊野の心を、我々は何も伝え残すことができなかったではないか！）

熊野では死者は遠いところにはいかない。死者は山にいる。いつも生き人の隣にいる。そのことを伝えてやるのが審神者の役目ではなかったか。拝み屋の使命とは、本当は熊野の心を語り継ぐことではなかったのか。

(我々は遠い昔から死者と共存しとったんや)

死者と生き人を対立させてはならない。その仲介役が自分たち拝み屋ならば、進んで前に出ていかなければならない。老い先短いこの命でもきっと役に立つはずだ。いや、そうでなければならない。

(大斎原の神武呪法は優しさがなかったというなら……。礼さん、わしらがその分償《つぐな》わねばならん。相《あい》争うのではなく掬《すく》いとってやらねばならん)

憎しみは憎しみしか生まない。

なんとか両者が手と手を取り合う方法を探っていかねば。

(そのためにもあんたが必要や。礼さん、聞こえるか! 答えてくれ、礼さん!)

一方、綾子は明智《あけち》光秀《みつひで》と、社務所で鳥神璽に見入っていた。消える間隔が早まっている。三十分に一羽の割合で消えていく。この分ではあと十時間で全部消えてしまう計算になる。

「残り十羽を切ったら、いよいよ伊勢神宮への呪詛《じゆそ》攻撃を実行に移さねばならんな」

日没まで、あと二時間余り。的射を行う矢は太陽が出ている時しか使えない。つまりあと二時間以内に布都御魂が手に入らなければ、少なくとも明朝まで解錠神事はできないということだ。その前に、鳥のほうが先に消えてしまう。

「つまりあと二時間で手に入らなければ、呪詛攻撃するしかないってことね」

光秀は頷《うなず》いた。

「十時間あれば住民も充分避難できる。だが国か自治体を動かせでもせん限り、避難命令など出せるわけもない」

「……ツテはあるわ」

綾子が固い口調で言った。

「直江が言ってた。二階堂《にかいどう》さんが熊野に来てたって。彼女を通じて働きかけるのよ」

「誰じゃ、その二階堂というのは」

「警察関係者。《闇戦国《やみせんごく》》をずっと追ってた現代人よ。三十六号事件の仰木高耶がこれだけ世間に騒がれてる今なら、彼らの影響力は大きいはずだから、なんとかしてもらうわ」

「理由はどうする」

「また金の雨が降るとか、赤鯨衆《せきげいしゅう》のテロがあるかもとかなんとか言うわよ！　うまくいけば、伊勢神宮に機動隊突入させられるかもしれない。とにかく動くわ！」

そこへ、上空のヘリに搭乗している吉川元春《きっかわもとはる》から緊急連絡が飛び込んできた。

『いま、大雲取《くもとり》山の上空にいる。下の様子がおかしい』

「おかしいとは？」

『熊野古道をたくさんの霊が行列を成して、那智のほうに向かっている』

「なんだと」

へりからは山間の古道を延々と連なって歩く死者の様子が捉《とら》えられた。一体どれくらいの数がいるのだろう。百や千の単位では足らない。深い山林に所々隠されてはいるが、彼らの発する霊気は淡い光になって帯状に続いている。とにかく大変な数だ。

途端に綾子がマイクを奪い取った。

「一般の霊なの？　それとも武者の霊？」

『よくは確認できんが、武装しているようだ。怨将《おんしょう》かもしれん。しかも複数の軍団じゃ。敵か味方かもわからん。いま先頭を追っているが、蟻の熊野詣を見るようじゃ。列が途切れない』

軍団の行列は、本宮大社のほうから中辺路に至る道までも延々と続いているらしい。恐らく、維盛の首を求めてやってきた連中に違いない。

『維盛が入水《じゅすい》した那智湾を目指しているのだろうが、今、那智に入ってこられては面倒だ』

「大雲取山越えの道から引き返すよう、なんとか威嚇《いかく》できないか」

簡単には流れは変わりそうにない雰囲気だ。こんな数の軍団が流れ込まれては厄介《やっかい》だ。

「他の道を取らせよう。わしも出る」

と言って光秀が立ち上がった。

「ここは任せたぞ。柿崎《かきざき》」

慌《あわ》ただしく出ていく光秀を、犬樟《いぬぐす》の大木に凭《もた》れて見送るのは高坂《こうさか》だ。朱塗《しゅぬ》りの三重の塔の肩に望める那智の滝を見つめて、高坂は醒めた瞳をさらに細くした。

＊

同じ頃、霞ヶ関《かすみがせき》の官庁街は騒然としていた。赤鯨衆の代表と名乗る男の生放送での声明は、警察・公安関係者だけでなく、政府の人間全《すべ》てに大きな衝撃を与えていたのである。

「政府からも声明を発表すべきです！」

と国家公安委員長に食いついたのは、二階堂麗子《れいこ》だった。重野一族殺害容疑で重野カオルを逮捕・起訴させるべく、東京に舞い戻った麗子である。高耶との約束を果たすため、麗子はひたすら奔走《ほんそう》していた。そこに来ての赤鯨衆からの声明である。

ＡＰＣＤ症候群は憑依《ひょうい》現象であり、自分たちは死して精神のみ在《あ》り続ける「死者」である。嘉田嶺次郎《かだれいじろう》は堂々とそう宣言した。つまり麗子のＡＰＣＤ＝憑依説は肯定《こうてい》されたのである。

「死者の関与はもう否定できないところまできているんです。三十六号事件の経緯《けいい》から何から、全て国民の前に発表すべきです！」

「しかし結論の出ていない事件に対し」

「結論を出すのは国民だと何度も言っているじゃありませんか！　今すぐ首相官邸に赴《おもむ》いて、総理に報告を！　嘉田嶺次郎の言っていることは検証に値すること。今こそ政府が、憑依現象に対して、率先《そっせん》して検証に取り組む姿勢を見せるべきです！」

麗子の熱弁はとうとう大臣を動かした。麗子達の調査結果を携えて首相に報告した後閣議に持ち込まれる事になったのだ。やっと真実が届く。と喜んだ直後だった。綾子から連絡が入ったのは。

「避難!?　伊勢神宮を攻撃って……どういうことですか」

『驚かないで聞いてね』

綾子は手短《てみじか》に簡潔《かんけつ》に、事の全容を語って聞かせた。

麗子は絶句して、途中から相槌《あいづち》を打つ声もなくなった。

『聞こえてる？　二階堂さん。とにかく避難が必要なの。最低限、水銀鉱床の上にある町は』

「は、はい……。話は…。理解できてます……。でもそんな規模の呪詛が本当に」

『ありうるのよ。現に、その四国の力を斯波《しば》に使われて国見山《くにみさん》は崩壊してる』

青ざめたまま廊下に立ち尽くす麗子の耳に、綾子の冷静な声が訴える。

『あと十時間しかないわ。急いで。あなたたちの協力が必要なの』

麗子は頭が飽和《ほうわ》状態になってしまった。

めまぐるしい状況の変化にどういう判断を下したらいいのか、麗子にはわからない。ただ綾子の切羽詰まった声だけが背中を押すのだ。——熊野が燃える！　と。

「……とにかく、考えます。考えますから、ほんの少し時間をください。一時間だけ時間を」

麗子は立ち尽くした。物事は思う以上の速さで動いている……。今はただちに走り出さねばならなかった。

＊

戦闘は一進一退を繰り返した。残りあとひとつの結界がなかなか破れない。タタラ衆にとっても、ここが最後の踏ん張りどころなのだろう。必死の防戦をしかけてくる。

「畜生……ッ！」

杉の陰《かげ》に息を切らしながら鳥越《とりごえ》隆也が滑り込んできた。執拗《しつよう》な鉄火輪に追われ、顔も制服も泥で汚れ、あちこちに火傷《やけど》と擦《す》り傷を負っている。念短銃を握ってはいるが、結局ろくに使えてはいない。逃げるので精一杯で、引き金にかけた手は震えている。

「嘘だろ……っ、なんでこんなことになっちまってんだよ……」

傲岸《ごうがん》な瞳が怯《おび》えている。繰り広げられる光景は、戦闘以外の何でもない。一歩間違えれば、確実に死ぬ。殺されてしまう。今更ながら恐怖が込み上げてきて、隆也はたまらず目をつぶってしまった。

（オレなにやってんだよ！　清美《きよみ》の仇討《かたきう》ちに来たんじゃねーのかよ。なんでこんなことしてんだよ！）

「鳥越！」

ハッと顔をあげると、鋭くUターンした鉄火輪が隆也めがけて飛んでくる。固まってしまう隆也の目の前で、銃声と共にいきなり鉄火輪が弾け飛んだ。高耶が拳銃を構えて立っている。間一髪、撃ち落としてくれたらしい。訓練された兵士のような身のこなしで、高耶は同じ木の陰に滑り込んできた。

「もう逃げたくなったか」

「――ンなわけねーだろ……」

「いいか。これが死者の――精神だけ生き残った奴らの闘い方なんだ」

高耶は鋭い目つきで鉄火輪の動きを追いながら、

「奴らが生き人と違うのは、見ての通り、念が使えることだ。この世に留まろうとする執念が《力《りょく》》になって発現する。肉体から一度解放された魂は《力》を顕現《けんげん》しやすいんだ」

「超能力……ッ。マンガかよ」

「生き人は普通に戦ったら死者には敵《かな》わない。《力》を操る死者には。じゃあどうしたらいいのか。よく見とけ。将来おまえらが戦うかもしれない相手を。目に焼き付けろ」

オレの戦い方を――。

隆也は思わず高耶の横顔を見つめてしまった。高耶は自分のやり方を隆也に叩きこもうとしている。かつて謙信《けんしん》が戦場で、傍に景虎を置いたように。言葉ではなく体で、自分の戦のやり方を教え込んだように。

「どうして……」

隆也には自分が選ばれる理由がわからない。そもそも彼は現代人の敵のはずだ。

「おまえの眼」

高耶はポツリと疑問に答えた。

「十六の頃のオレに似てる」

隆也は目を見開いた。

再び鉄火輪が飛んできた。高耶は銃声一発仕留めると、再び辺《あた》りに鋭い視線を配った。

「オレにも妹がひとりいる。かけがえのない親友も。それが理由じゃおかしいか」

（あ……っ）

ようやく隆也は理解した。

高耶は自分を重ねているのだ。自分がこういう立場でなければ、隆也の立場であったかもしれない。妹の肉体を霊に奪われ、親友を霊に殺された隆也。他人事には思えないのだろう。十六歳の、まだ《闇戦国》とは無関係だった頃の高耶なら、きっと隆也と同じ事をしていた。

（おまえは全《すべ》てが始まる前のオレだ）

譲《ゆずる》の姿が脳裏に浮かぶ。変わり果てた彼の姿がそれに重なる。

美弥が清美と同じ目にあっていたら――……。

(オレもやはり死なせてしまっていただろうか)

「高耶さん!」

直江が九ミリ弾の箱を投げてよこした。装塡《そうてん》しておけという意味らしい。

「兵頭隊があがってきました。そろそろ最後の結界を!」

「よし、全員鎧玉《よろいだま》を装着して大霊の攻撃に備えろ! 結界が消滅すると同時に銛《もり》を打ち込む!」

室戸の捕鯨法に発想を得た大霊の捕獲作戦だ。四国から持ち込んだ迫撃砲を銛の発射装置に改造した。これが八機、那智の滝を中心にぐるりと設置してある。こびとがガリバーを小さなロープでがんじがらめにしたように、大霊の動きを封じるのだ。

西日が射し込む。これ以上時間はおせない。一気に破って決着をつけねば!

「カウント十で最終結界を裂破する! 援護しろ!」

*

強い。自分たちの他にもこんなに強い憑依霊たちがいるとは!

タタラ衆は追い込まれていた。最後の防戦をしかけるも、仲間は次々と消されていく。強い。戦闘能力の次元が違う。こんなに強い憑依霊の集団と戦ったことは今までになかった。

（信長《のぶなが》公が言っていたのはこやつらのことやったんや）

霞美たちはありったけの鉄火輪を操って赤鯨衆に挑んでいくが、敵の機動力にたちまち粉砕されていく。ひとりひとりの強さはそんなに変わらないはずなのに、この差は一体どこから来るのだ。四国にいる雑兵《ぞうひょう》集団、仰木高耶に率いられた怨霊集団。いまや並居る怨将の軍団の中でも最強と言われる――これが彼らの戦い方なのか。

（土佐《とさ》の一領具足《いちりょうぐそく》というのは、うちらと同じにみじめな思いをしてたと聞いた）

関ヶ原《せきがはら》で主家である長宗我部《ちょうそかべ》が滅んだ後、新たに入ってきた山内《やまのうち》家は譜代《ふだい》の者を上士《じょうし》、元長宗我部を郷士《ごうし》と呼んで、厳《きび》しい身分制度を敷いたという。それから二百五十年、虐《しいた》げられてきた郷士たちは幕末、維新回天《いしんかいてん》の大きな原動力になったという。

（あんたたちの恨みは子孫が晴らしてくれたけど、うちらは自分で晴らすしかないんや！）

「動くな！」

油断していたところに声を浴びせられた。背後を取られた。真後ろに念ライフルを構えた男がいる。兵頭だった。霞美の指は鉄火輪にかけたところで止まってしまった。万事休すだ。

「武器を捨てて投降《とうこう》しろ。そうすれば命だけは助けてやる」

「憑依霊が今更、命を惜《お》しむとでも」

「信長なんぞについても、おんしらは報《むく》われん」

赤鯨衆に来い、と兵頭が言ったものだから、驚いたのは霞美である。

「おんしらは利用されちょるだけじゃ。あの男はおんしらなんぞ虫けらとも思っちょらん。信長なんぞの駒になって命捨てるくらいなら、赤鯨衆に来い。わしらはハナから主を持たん」

「黙れ！　仰木高耶は魔物だ。神武の再来だ！　熊野を滅ぼす魔物なんぞに誰が従うか！」

霞美が最後の力を振り絞って鉄火輪を繰り出す。二十以上の鉄火輪が一斉《いっせい》に兵頭に襲いかかってくる。舌打《したう》ちしながら、凄《すさ》まじい反射神経で次々と撃ち落とす。もはや霞美に為《な》す術《すべ》はなかった。腰の短刀を引き抜いて、兵頭に斬りかかってくる。

「お別れです、ツカサ様アアアアッ！」

「兵頭さん！」

その場に出くわした久富木が銃口を向ける。それを目で制して、兵頭は霞美の短刀を銃身で受けた。結界裂破のカウントが始まっている。格闘している間に退避が遅れてしまう。

「間に合わん。全員伏せろ！」

最終結界が爆破された。凄まじい衝撃波が襲いかかってきた。

兵頭は咄嗟《とっさ》に霞美に覆《おお》い被《かぶ》さった。重低音の震動と、鼓膜《こまく》をつんざくような猛烈な金属音とが一分以上続き、裂けた地面からは熱水が噴《ふ》き出した。辺りが蒸気に包まれる。粒子と粒子がぶつかりあい、時折激しい火花をあげる様はまるで雷雲のただ中にいるようだ。最後の結界は鉄結界だった。

霞美は呆然としながら、自分を庇《かば》って覆い被さる男の顔を見た。

（この男……）

「来るぞ！」

結界が破れた途端、丹敷戸畔の大霊が攻撃を仕掛けてきた。遮《さえぎ》る物は何もない。

岩が溶けて崩れ、熱泥《ねっでい》になって赤鯨衆に襲いかかる。真っ向から怨念がぶつけられる。

火砕流《かさいりゅう》にでも巻き込まれたかのような凄まじさだ。轟音《ごうおん》の中で高耶の指示が飛ぶ。

「今だ、銛を撃ち込め！」

合図とともに、那智の滝めがけて八方から巨大な槍《やり》のようなものが放たれた。堂森《どうもり》たちが迫撃砲で発射したものだ。槍の柄には特殊な霊綱《ワイヤー》が繋がれ、その先端は那智大社につながり、これが重石《おもし》になる。霊綱が鋭く那智の滝ごと大霊をからみとった。滝上の清正が怒鳴る。

「暴れるぞ！　振られないよう、しっかり押さえろ！」

まるで大鯨だ。大霊が激しく暴れまくる。タタラ衆が必死に鉄火輪を飛ばして綱を切ろうとするが、歯が立たない。畳《たた》みかけるように高耶と直江が同時に「霊縛法《れいばくほう》」を開始する。「不動金縛《かなしば》りの法」と呼ばれる密教行者《みっきょう》が扱う霊縛法だ。二人は九字《くじ》を切って内縛印《ないばくいん》を結び、

「ノウマクサンマンダ・バサラダンセンダン・マカラシャダソワタヤ・ウンタラタ・カンマン」

剣印《けんいん》を結び「オン・キリキリ」、刀印《とういん》に切り替え「オン・キリキリ」と唱えて着実に大霊の動きを封じていく。火砕流のごとき嵐の只中に、隆也が礼を助けようと飛び込んでいった。

「礼、礼どこだ！」

岩を乗り越えると滝壺が見えた。そこに隆也は人影を見つけた。真紅《しんく》の神官服に身を包んだ若い男だ。丹敷戸畔の祭事服である。男は膝《ひざ》をついてうずくまっていたが、隆也の気配に気づくと顔をあげた。焦点のあっていない目だ。普通でない様子に隆也は思わず後ずさった。

「――……どうして……」

維盛に換生《かんしょう》した司は涙を流していた。隆也を見るなり縋《すが》るように言った。

「どうして僕を流すの、父さん。どうして流されなきゃいけないの……」

「あ、あんた……」

「嫌だ。僕はヒルコじゃない……ヒルコなんかじゃない……トオル兄ちゃん……こわいよ、助けてよ！　死にたくないよ！」

ウオオオオオッ
その真上で大霊が暴れている。那智の滝が暴れている。水が激しく叩きつける。凄い力だ。幾筋もの霊綱を引きちぎらんばかりの勢いだ。赤鯨衆の面々が圧倒されている。高耶と直江の霊縛法も、気を抜くとはねのけられてしまいそうになる。

「くそ……ッ。綱をかぶせるぞ、直江！」

「御意《ぎよい》！」

オン・キリウンキヤクウン！

サアア……、と砂が降りかかるような音がして、大霊の頭上から薄い光のヴェールが包み込んだ。諸天の力を以《もっ》て悪霊《あくりょう》を包囲する。ここまで来れば霊縛法は最終段階だ。

参道の石段の方から綾子がいてもたってもいられず、傷口を庇《かば》うようにして駆け下りてきた。激しく抵抗する大霊を何筋もの霊綱が縛り付ける。崖側に縫《ぬ》い込まれたような姿はまるで絵本のガリバーを見るようだ。

「景虎！」

しかし大霊が本当の力を出すのはここからだった。バリバリバリと音を立てて、霊体を岩壁に縫いつけていた鋲が次々と剝がれていく。霊綱が引きちぎられる。全員がアッと目を剝《む》いた。さすがは神武の時代の霊というべきか。これほどの霊縛でも効かないというのか！

「高耶さん！」

力尽きたように高耶が膝《ひざ》をついた。四国が呪詛《じゅそ》攻撃に備えて気を溜めたせいで、高耶の体も気が巡りにくい体になっている。直江にしがみつきながら高耶は顔をあげた。

「諦《あきら》めるな。必ず縛せる！　相手は同じ人間だ。神なんかじゃない！」

呼応するように赤鯨衆が一斉攻撃に入った。兵頭が岩田が堂森が早田が、ありったけの火器を叩き込む。集中的な猛攻を浴びて大霊がさらに暴れまくる。

「景虎、もう一度チャンスをくれてやる！」

怒鳴ったのは滝上の清正だ。手に片鎌槍《かたかまやり》を生みだし、木剣《ぼっけん》を打ち鳴らしながら崖から滝めがけて大きくダイブした。全員が目を瞠《みは》った。大霊の脳天めがけて清正が片鎌槍を突き立てる。

「南無妙法蓮華経《なむみょうほうれんげきょう》！　法敵退散！」

大霊が悲鳴をあげた。脳天から足めがけて、清正の片鎌槍が一気に貫いたのである。ズブブブ……と鈍《にぶ》い音を立てて、霊体が割れた。清正の捨て身の攻撃で、大霊が二体に分裂した。その力が一気に弱まったのを見て、堂森たちが再び「銛」を撃ち込む。幾重《いくえ》もの霊綱《ワイヤー》が飛びまくり、再び二体の大霊は岩壁に縫いつけられてしまった。

直江がとどめの外縛印《げばくいん》を結ぶ。

「ノウマクサンマンダ・バサラダンセンダン・マカロシャダソワタヤ・ウンタラタ・カンマン！」

ミシミシミシ……！　と唸《うな》りをあげて霊体が足元から凍結した。何重もの霊綱が金色に輝き、収縮する。大霊の動きを止めた。完全に丹敷戸畔を縛しこんだ！

「やったぞ！」

霊縛法が成功した。赤鯨衆の面々が歓喜の声をあげる。那智の滝の奪還に成功した。かに思えた、そのときだった。

「！」

白い影が高耶の背中に襲いかかった。ズシリ、と背中が重くなり、猛烈な力でヘッドロックをかまされる。伏兵がいた。礼だ。まだ帰神が解けていない。大霊を神寄せしたまま、礼が高耶の背中にしがみつき、脚《あし》で腰を絞《し》め上げ、首に絞め技を仕掛けてくる。

「高耶さん!」「隊長!」

手を出すな、と高耶が怒鳴った。

「撃つな! この子に傷をつけるな……ッ。ぐう!」

少女の力とは思えないような馬鹿力で高耶の首を後ろにへし折ろうとする。力ずくで礼を引き剝がそうとした直江は、礼の《力》で跳《は》ね飛ばされた。飛びかかった小太郎《こたろう》も、全員次々と投げられてしまう。高耶の首がみしみしと悲鳴をあげた。なんて力だ。

「……れ……い……ッ」

礼の口を借りて大霊が「死ね」と囁《ささや》く。兵頭が念ライフルをかまえた。隆也が叫ぶ。

「やめろォッ! やめろーっ、礼!」

《礼さん!》

テルの声がした。あと一センチで首の骨が折れるというところだった。

《目を醒ませ! その人は御大師《おだいし》様の使いや! 熊野を救ってくれるお人や!》

殺したらあかん!

フッと礼の瞳に僅《わず》かだが光が戻った。

腕の力が一瞬弱まったのを感じて、苦悶《くもん》しながら高耶が目を上げた。テルの必死の訴えは続いていた。

《神さんは崇《あが》めても、己《おのれ》の意志を明け渡したらあかん。おまえさんは本宮《もとみや》礼や！　本宮礼や！》

名を呼ばれた途端、礼の意識が海面を割るように浮上した。みるみる霊波同調が乱れていく。帰神が解け、高耶の首を絞めていた腕からも溶けるように力が失せた。

いつしか礼は高耶の背中にしがみつくようにして嗚咽《おえつ》している。

「礼……」

「もう……やめよ……やめよォ、御大師様……。けんかするの……みんな、やめよ……」

全員が呆然とそんな礼を見つめている。

礼の涙が肩口を濡《ぬ》らすのを感じながら、高耶も立ち尽くした。直江も絞《しぼ》るような吐息をつきながら、那智の滝を見上げた。これが丹敷戸畔の最後のあがきとなった。

いつしか那智山の森には西日が射し込んでいる。鉄火輪の残り火が夕陽の欠片《かけら》のように、そこここで燃えている。

＊

かくして那智の滝を占拠した丹敷戸畔の霊は排除された。堂森達が大霊の捕獲のために動き始めていた。兵頭は後腐れのないよう「あの世送り」を主張したが、高耶はあくまで四国に連れて帰ると言い張った。二体の霊は霊縛されたまま、かつて裂命星《れつみょうせい》の輸送に用いた封檻箱に入れられ、海上輸送されることになった。後は四国で浄化させる。

タタラ衆の生き残りも捕縛された。霞美たちは赤鯨衆の捕虜《ほりょ》となった。

司は精神の混乱を来《きた》したまま行方不明になってしまった。

「日暮れまで、あと一時間もないな」

高耶がランドマスターで時間を計った。あと錠は残り三つ。だが礼の衰弱《すいじゃく》が激しい。的射《まとい》を続けるのはどう考えても難しい。

「鳥が全部消えるまで、あと約九時間よ」

「解錠神事ができるのは日没までです。それを過ぎたら、明朝までできません。計算では明日午前二時には鳥が全部消えることになります。今、布都御魂を手に入れられなければ、呪詛攻撃を決行せねばならなくなります」

高耶は険しい表情になった。直江はむろん呪詛攻撃に反対だ。隆也も礼の顔に浮かぶ死相を見つめるうちに黙っていられなくなってきた。

「礼にこれ以上、なんかやらせる気かよ。死んじまうよ。な、病院に連れていこう、仰木!」

呪詛攻撃を行ったら、〈気道〉上にいる一般人を巻き込む可能性が高い。布都御魂を手に入れて避けられるなら、そうしたい。でもそのためには礼が……。

(どうしたら、いい)

——呪詛攻撃は駄目だ！

不意に千秋《ちあき》の声が高耶の脳裏《のうり》に響いた。

——崇徳院《すとくいん》も押さえこめてない、こんな不安定な状態で気なんか溜めたら、結界点が破れたとき、四国全体が沈みかねねえぞ！

千秋の叫びは高耶にちゃんと届いていた。四国の状態は誰よりも高耶がよく知っている。

(今はリスクが大きすぎる)

犠牲の大きさを思えば、出せる答えはひとつしかない。

高耶は心を鬼にして、礼に向き直った。

「礼、時間がない。布都御魂を手に入れたい。的射を続けてくれ、頼む」

真っ青になったのは隆也だ。たちまち猛然と食ってかかってきた。だが高耶の心は変わらない。礼は、多くを語らなくとも状況を察していた。

「ふざけるな、仰木！　てめえも礼を利用すっ気か！」

騒ぐ隆也は楢崎達に押さえ込まれてしまう。それでも隆也は暴れた。

「人殺し！　ああ、そうかよ！　一人の犠牲で済むならそのほうがいいとでも思ってんだろ。でも礼の身になんかあったら、今度こそてめえを許さねえ！　この手でてめえもぶっ殺す！」

高耶は針を呑《の》み込むような表情になって、礼のほうに手を差し伸べた。

礼はその手をとった。

＊

解錠神事が再開した。

的射が始まる。

全員固唾《かたず》を飲んで見守る。那智の滝は日暮れの森に蕭蕭《しょうしょう》と流れ落ちる。注がれ続ける。

だが、礼の消耗は思った以上だった。もう、弓を引き絞《しぼ》る力も残っていないのだ。

見かねた高耶が歩み寄っていって、礼の後ろから手を添えてやり、弓を引くのを手伝ってやった。

ぎりぎりまで引き絞る。

矢が放たれた。

上から六個目の、右よりの的にあたった。美しい火花が滝から散った。錠が開いた。

残りふたつ。

礼が背後の高耶を見た。御大師様に手伝ってもらっているのだという安心感が衰弱への不安を取り去った。不思議に幸福だった。

高耶の手は温かかった。

（背中もあったかい）

矢が放たれた。

残り二つの鏡のうちの左上の鏡に、金色の矢は吸い込まれた。

光の花が散って、ハラハラと落ちてくる。

礼は幼い頃を思い出した。夏休みに母と姉と見た太地の花火大会を思い出していた。

最後のひとつ。

あとひとつで、布都御魂に手が届く。

礼は三度《みたび》、弓を引いた。

だがそこまでだった。弓を引こうとした手から力が抜け、礼の体は高耶にもたれかかるようにして、ゆっくり崩れ込んでしまったのである。

高耶は礼の体を両腕で受け止めた。もう意識はなかった。

これが限界だったのだ。

静かな眼差《まなざ》しで、高耶は礼を見下ろした。

目を細くして、告げた。

「………。ありがとう……礼」

直江達が駆け寄ってくる。

「礼さんは！」

高耶は何も言わずに瞑目《めいもく》している。

やがて礼を地面に横たえると、高耶はすっくと立ち上がった。

「伊勢神宮を呪詛攻撃する。ただちに発動準備を」

「！」

「景虎！」

一同は口々にわめいた。ついに攻撃だ。仰木隊長が決断した！

「待ってください！　もう一度考え直してください、高耶さん！」

しかし高耶の心は動かなかった。礼が力尽きたことで、日没前に布都御魂を手に入れる可能性は断たれた。熊野が燃えるのを食い止めるには、あとはもう呪詛攻撃しかない。

「危険です！　それだけは……！」

バラバラバラ……とヘリの音が近づいてきたのは、そのときだった。吉川元春が戻ってきたのだと思ったが、ローター音が微妙に違う。上空を見上げると、明らかに民間機の彩色を施したヘリが東の空から近づいてくる。

「なんだ、あのヘリは！」

ヘリは、那智の滝の真上にゆっくり降下してきた。滝の水が巻き上げられる。水飛沫《しぶき》が吹き付けてきて、高耶たちは身構えた。ホバリング中のヘリのドアが開くのを、高耶は見た。

（あれは！）

中から現れた男は、小脇に短機関銃《サブマシンガン》を抱えていたのである。

退避を叫ぶ高耶の声に、機関銃の銃声がかぶさった。上空からの銃撃だった。よけきれずに何人かが餌食《えじき》になった。直江は高耶が退避を叫ぶよりも早く、高耶を抱えて横っ飛びに伏せていた。

「くう！」

ヘリの男は大胆《だいたん》にもドアを開けはなったまま、赤鯨衆を銃撃する。その男の顔を見た途端、高耶や直江はもちろん、綾子も兵頭達も——そして隆也たちも息を呑んだ。

斯波英士《えいじ》だった。

信長が那智の滝に現れたのである。

「雑魚《ざこ》どもが！　チョロチョロチョロチョロ逃げるでないわあ——っ！」

赤鯨衆だろうがタタラ衆だろうが、信長は区別しない。無差別銃撃だ。兵頭達がただちに反撃を開始する。綾子は隆也を突き飛ばし、岩陰に隠れた。

「あの男、やっぱり現れたわね！」

「斯波英士……ッ、なんで斯波がこんなところに！　しかもなんでオレたちが!?」

「馬鹿！　あいつは信長よ！　織田《おだ》信長なのよ！」

「な……ッ。おい！　礼がまだあそこに！」

激しい銃撃を繰り出す信長を乗せたヘリは、滝の半ばあたりにまで降下してきた。いきなり信長が滝壺に飛び降りた。ゆうに三十メートルはあろうという高さから軽やかに着地してみせた信長は、腰だめに短機関銃を乱射しながらこちらに近づいてくる。やがてもう一機、ヘリが近づいてきた。信長を援護しようというらしい。そちらには、森蘭丸《もりらんまる》と兼光晋吾《しんご》が乗っている。左右から機関銃攻撃を仕掛けてくる。あまりの烈《はげ》しさに顔をあげることもできない。

信長が倒れている礼の元にやってきて、ゴトビキの弓を拾い上げた。

（まさか！）

いけない！　高耶が飛び出しかけるのを直江が押さえ込む。伏せた十数センチそばを銃撃が駆け抜けた。弓矢を掴みあげる斯波を見て、隆也が驚愕《きょうがく》の声をあげた。

「なんでだよ！　オレはあの弓に触ることもできなかったのに、なんで斯波が掴めんだよ！扱えんのは礼だけじゃねーのかよ！」

信長が弓矢をつがえた。弓を取り慣れた美しい姿勢だった。何故《なぜ》なのかはわかっている。なぜ斯波英士がこの弓を扱えるのか。それは彼が那智の者だからだ。彼が「重野カオル」だからだ！　あの男に布都御魂は渡せない。無我夢中で高耶が霊枷《たまかせ》を引きちぎった。

「信長ーっ！」

「うおおおお！」

矢を放つ。鏑矢《かぶらや》のような大きな音をあげて、金色の矢はゆるい弧を描きながら、最後の的に吸い込まれた。最後の鍵が金色の火花をあげながら、消滅した。

全部の錠が開いた。

高耶も直江も息を呑んだ。

滝を覆《おお》っていた最後のヴェールが剝《は》がれていく。透明の幕が落ちていく。

滝が、ふたつに割れた。滝の根元にあたる滝壺近く。扇御輿《みこし》でいうなら、ちょうど一番下の円状になった扇のあたり。岩壁に一際目映《まばゆ》い閃光を放つ割れ目が現れる。

（布都御魂だ）

岩壁の裂け目に鉄剣が刺さっている。まるでアーサー王の伝説だ。あの鉄剣を抜いた者に主になる資格がある。大王《おおきみ》になる資格がある。剣が選ぶ。

「貴様に渡すわけにはいかない、信長！」

脇目も振らず弾丸のごとく、高耶が飛び出していく。直江は止めなかった。彼の楯《たて》になるべく一緒に駆けだした。赤鯨衆が一丸になって高耶たちを援護する。凄まじい砲火に負けじと、蘭丸たちが高耶を狙う。

滝壺に辿り着いた信長が後ろを振り返る。不敵な微笑を浮かべている。

「来たな、美獣め」

そう呟いた腰の辺りで拳銃を構えているのを、直江が見つけた。

「高耶さん！」

消音装置つきだったため音もなかった。直江が高耶の楯《たて》になった。信長が引き金を引いた直

後、兵頭が信長を狙撃した。突然もたれ掛かるように崩れ落ちた直江を見て、高耶が悲鳴をあげた。しかし直江はすぐに顔をあげ、

「私は大丈夫です、行きなさい！」

腿を撃たれたが致命傷ではない。信長は兵頭に狙撃された。しかし左胸を狙ったはずの弾は、信長の右の鎖骨《さこつ》を砕いただけだった。だがそれがまたとない一瞬の隙を生んだ。高耶が容《よう》赦《しゃ》なく信長に念を叩き込む。信長の体がもんどり打って滝壺に落ちる。

高耶は鉄剣の柄に手を伸ばした。

（抜けるか！）

手が触れかけた、その時だった。

高耶の全身から、血が噴き出したのは。

（え……ッ）

何が起きたのか、誰にもわからなかった。本人にもわからなかった。

高耶の体がひとりでに血を噴きだした。

十五、六カ所はあろうか。血管が一度に破れたのだ。

信長ではない。

信長は何もしていない。

（結界が……）

四国の結界点が、その時同時に複数カ所で破れたのである。

下間頼竜《しもずまらいりゅう》と晃焔《こうえん》たちの仕業だった。

結界点が潰破されたのだ。

（こんな時に！）

「高耶さん！」

ゆっくりと高耶の指は鉄剣から離れ、滝壺へと落ちた。駆け寄ろうとした直江は蘭丸の銃撃に阻まれた。大量の水が落下する滝壺から、人影がずぶ濡れであがってくる。

信長だった。その脇には、全身を朱に染めた高耶の体を抱えている。

「もらって行くぞ、赤鯨衆」

と言って、信長はこちらに顔を向けたまま、布都御魂を難なく引き抜いてみせた。

「この虎には玉座は似合わん。我が膝元こそ相応《ふさわ》しい。首輪をつけて侍《はべ》らせよう。この第六天《だいてん》魔王《まおう》が飼い慣らしてやる！」

「景虎！」「隊長！」「仰木隊長！」

綾子が清正が赤鯨衆の男達が、一斉に叫んだ。飛び出しかける直江に、信長は鉄剣の先を向けて制した。

「この男の魂核寿命《こんかくじゅみよう》、延命《えんめい》させたいか。直江信綱《のぶつな》」

「！」

直江は息を止めた。

なぜ信長が知っている!?

「ならば、ひとつだけ方法がある。我が家臣になれ！　信長の下僕《げぼく》となって仕えれば、布都御魂、この男のために使ってやってもいい！」

「な……ッ！」

「伊勢神宮で待つ」

墜落するような角度で覆い被さるようにヘリが急降下してきた。凄まじいローターの風が直江達を吹き飛ばしそうになる。信長はずぶ濡《ぬ》れの高耶の体を抱えたまま大きくジャンプすると、器用に後部扉から飛び乗った。ヘリは派手に機体を倒すと、急旋回しながらみるみる高度を上げていく。

「高耶さん！」

直江の血を吐くような絶叫も届かない。

ヘリのローター音はやがて滝の瀑布《ばくふ》音に呑み込まれ、遠ざかっていった。


——つづく——

あとがき

名物にうまい物なし。

とよく言われますが、これはきっぱり嘘《うそ》だと思います。

いやもう絶対嘘、と私に思わせてくれたのは、香川《かがわ》県でした。

今回、崇徳院《すとくいん》の取材で香川県に行ってきまして。

四国編は長かったですけど、実は香川県だけ、まだ舞台になったことがなかったのです。

ちょっと意外！

そこで食べた讃岐《さぬき》うどん。

激ヤバ！　でした。

いや、もう、なんでもないような普通のレストハウスみたいな所で出てきた湯だめうどんに開眼させられるとは、恐るべし、香川県。うどん、メチャウマ！

それと、讃岐平野のぽこぽこした山々がスバラシイ。超わたし好みだらけ。（ミズナ好み＝例・阿蘇《あそ》米塚。特徴・円錐形《えんすいけい》）山マニアの私にはたまらない土地でございました。

味の思い出というと、もうひとつ。思い出すのは「八十場《やそば》のところ天」。崇徳上皇の遺体を浸した湧《わ》き水だというので、よほど怖げな場所を想像していってみたらば、なんと、そこはとても涼しげなところ天屋さんになっていたのでした。一気に癒《いや》されてしまいました（ところ天に）。

ちなみに今回のレンタカーは白い「ミラージュ」（偶然。↑それとも謀《はか》られた？）。ねね殿、ナイス運転ありがとう。

一方、熊野《くまの》の名物と言いますと、めはり寿司などが浮かびます。あんまり大きすぎて食べるとき「目を瞠《みは》る」とこから「めはり寿司」なんだそうな。おいしかったな〜。

白浜《しらはま》の「らうひん」もまた見てきてしまいましたが、今回は「暴れ」タイムだったらしく、野性のままに激しく暴れてました。（立派なグラップラーになって……）

というわけで、今回は「ラチられ王・高耶《たかや》」がついに……（感涙）ラチられ王と生まれたからには、やはり本命はこの方、という宿願を果《は》たすことができたので、私はもう……、思い残すことはありません。我が青春に悔いなし！（↑青春？）

この巻にてファイナルステージ、前半戦終了だったんでした。終了……、してるはず。

さて、ここからはお知らせです。つつついに、

「炎の蜃気楼」がTVアニメになります！

どひゃーっ。

詳しくは以下の通りです。

○放映局　キッズステーション（スカイパーフェクTV！　276ch／ケーブルテレビ）

○放映日　２００２年1月7日（月）20：00～

《再放送：土曜19：00～／日曜21：00～／全十三話》

アニメ専用の公式ＨＰも開設しております。アドレスは、以下の通り。

http://www.sonymusic.co.jp/mirage

最新情報・詳細情報などはこちらでチェックしてみてくださいね。雑誌『Ｃｏｂａｌｔ』のほうにも載る予定…とのことです。

どうぞよろしくお願いいたします。

さて気になる内容のほうですが、懐《なつ》かしの第一部です。うわ～超なつかし～、という声が聞

こえてきそう。よくよく考えると、高耶って十年前の高校生……なんですね。はは。
私も今はどうなることやら～、というカンジですが、皆さんとドキドキ（ビクビク？）しながら一緒に楽しみに待ちたいと思います。（直江《なおえ》のスーツアクションとか……高耶のバレーボールとか。ああっうっかり変身とかしちゃったら、どうしよう……↑しないから）
よい作品になることを祈ります。
その前に私、スカパー入らなきゃ（慌）

アニメに先立ちまして、二巻に登場した加助一揆《かすけいっき》の復習をする為、貞享《じょうきょう》義民記念館に行ってきました。なかなか気合いの入った見応《みごた》えのあるシアターや史料の数々…。熱かった！　安曇野《あずみの》はよかところですので、松本《まつもと》にお越しの際はどうぞ足延ばしてみてくださいネ。

というわけで、ミラージュも十二年目突入。

干支《えと》がもうすぐ一回りというのも、けっこうすごいことですね。

こうやって、コンスタントに出せるのも、皆さんのおかげです。持久力のある息の長い応援ありがとうございます。

これからもリポDを友にガンバリマスので、見届けてやってくださいませ。

雑誌連載中の邂逅《かいこう》編のほうも、いよいよクライマックスです。

浜田《はまだ》翔子《しょうこ》先生の漫画文庫版『炎の蜃気楼』①〜③も発売中（白泉社）。
おっと。アニメイトさんからまたグッズが出るそうです。こちらもチェックしてみて！
それでは、皆さん、読んでいただきありがとうございました。

ああ、もうすぐ睡眠に手が届く〜。
俺を眠らせてやってくれ〜。

二〇〇一年十一月　　桑原水菜

【参考文献】『真言陀羅尼』　坂内龍雄　著（平河出版社）

くわばら・みずな
9月23日千葉県生まれ。天秤座。O型。中央大学文学部史学科卒業。1989年下期コバルト読者大賞を受賞。コバルト文庫に「炎の蜃気楼」シリーズ、「風雲縛魔伝」シリーズ、「赤の神紋」シリーズが、単行本に「真皓き残響」シリーズ、『群青』『針金の翼』などがある。趣味は時代劇を見ることと、旅に出ること。日本のお寺と仏像が好きで、今一番やりたいことは四国88カ所踏破。

炎の蜃気楼《ミラージュ》 33 耀変黙示録《ようへんもくしろく》Ⅳ —神武の章—

COBALT-SERIES

2001年11月10日　第1刷発行　★定価はカバーに表示してあります

著者　桑原水菜
発行者　谷山尚義
発行所　株式会社 集英社
〒101−8050
東京都千代田区一ツ橋2−5−10
電話　東京　(3230) 6268（編集）
(3230) 6393（販売）
(3230) 6080（制作）

印刷所　図書印刷株式会社

© MIZUNA KUWABARA 2001　Printed in Japan
本書の一部あるいは全部を無断で複写複製することは、法律で認められた場合を除き、著作権の侵害となります。
造本には十分注意しておりますが、乱丁・落丁（本のページ順序の間違いや抜け落ち）の場合はお取り替え致します。購入された書店名を明記して小社制作部宛にお送り下さい。
送料は小社負担でお取り替え致します。但し、古書店で購入したものについてはお取り替え出来ません。

ISBN4-08-600026-1 C0193

〈好評発売中〉 コバルト文庫

超人気! サイキック・アクション大作!!

桑原水菜 〈炎の蜃気楼《ミラージュ》〉シリーズ

イラスト／浜田翔子

黄泉《よみ》への風穴《ふうけつ》（前編）（後編）

火輪《かりん》の王国（前編）（中編）（後編）（烈風編）（烈濤編）

十字架を抱いて眠れ

裂命《れつみょう》の星

魁《さきがけ》の蟲《むし》

怨讐《おんしゅう》の門 青海編 黒陽編 赤空編 黄壌編 白雷編 破壌編

無《む》間《げん》浄《じょう》土《ど》

燿変黙示録《ようへんもくしろく》 Ⅰ・Ⅱ

燿変黙示録《ようへんもくしろく》 Ⅲ －八咫《やた》の章－

『炎の蜃気楼《ミラージュ》』**砂漠殉教**

〈好評発売中〉 コバルト文庫

戦国の世、「ミラージュ」が蘇る—。

桑原水菜 〈炎の蜃気楼《ミラージュ》〉シリーズ

イラスト／ほたか乱

炎の蜃気楼《ミラージュ》邂逅編

真《ま》皓《しろ》き残響

夜叉誕生（上）（下）

時は戦国、越後国。運命のふたり、直江と景虎が初めて出会う壮絶荘厳な物語…。

怨霊退治の旅を続ける景虎たち。その途中、春日城下で妖刀騒ぎの噂を聞いて…!?

炎の蜃気楼《ミラージュ》邂逅編2

真《ま》皓《しろ》き残響

妖刀乱舞（上）（下）

〈好評発売中〉 コバルト文庫

戦国武将が現代に甦る人気ファンタジー。

桑原水菜 〈炎の蜃気楼《ミラージュ》〉シリーズ

炎の蜃気楼《ミラージュ》

緋《あか》の残影

硝子《ガラス》の子守歌

琥珀《こはく》の流星群

まほろばの龍神

最愛のあなたへ

覇者の魔鏡（前編・中編・後編）

みなぎわの反逆者

わだつみの楊貴妃（前編）（中編）（後編）

『炎の蜃気楼《ミラージュ》』紀行 トラベル・エッセイコレクション